Geronimo Stilton

奇鼠歷險記 ③

尋找失蹤的皇后

新雅文化事業有限公司
www.sunya.com.hk

你準備好開始一次新的神奇歷險嗎嗎嗎嗎嗎嗎嗎……

和我一起漫遊夢想國……

夢想國的伙伴團

「伙伴」這個詞，含義是「分享同一塊麪包的人」，意味是能夠互相幫助和共同奮鬥的朋友。伙伴的力量，就來自於這裏！

謝利連摩・史提頓

他是《鼠民公報》的經營者，這可是老鼠島最暢銷的報紙哦！在夢想國，他經歷了奇妙的旅行！

大巨人

在夢想國，他結交了很多關心他的朋友，但他仍渴望找到一個生活上的伴侶……

公鹿羅博

他全身的皮毛似雪，但鹿角和蹄子卻是金色的。他是地精國的智慧長者！

愛麗絲

銀龍國的公主。她果敢堅毅，是個技巧高超的馴龍人！

穿靴子的貓

童話國的外交大使，討人喜歡，精力充沛，不過有時候卻令人很憤怒，他和大巨人時常拌嘴！

阿齊亞

藍色的夢幻船，是由會說話的森林裏充滿神力的神木製成。它會說話，還能獨自航行。它與謝利連摩結下了深厚的友誼。

克羅維加·梅洛維亞

她有一段神秘而浪漫的身世：讀了這本書，你就會發現啦……結局會很快樂的！

目錄

一切故事都從這裏開始，從這裏開始……

春日一個寧靜的午後…… 13

我吃比薩餅撐着了…… 24

我翻來，又覆去…… 26

一個濕漉漉的鬧鐘 32

飛躍星空！ 36

去夢想國旅行

寒冷蕭瑟的冬天 46

灰蒙蒙的天空，彷彿我此刻的心情 50

矮小而偉大的民族 52

靜謐的夜晚，遠方的來客 56

最時髦的矮人裝 60

夢想國的大型集會 62

致所有的盟友，無論遠親還是近鄰…… 68

秘密中的秘密！ 72

夢想國營救軍團 77

最後一個巨人 78

公鹿羅博——地精國的智慧長者 84

愛麗絲——銀龍國的公主 90

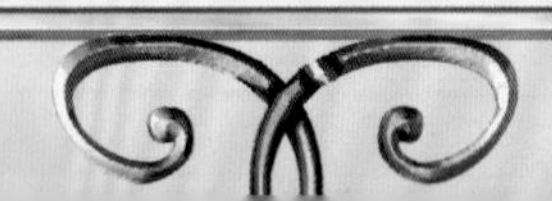

穿靴子的貓 96
阿齊亞——會說話的船 102
我們——夢想國軍團 104

夢想國軍團出發啦！

冒着香氣的……告別禮物！ 107
在水面上輕快地滑行，彷彿飛在浪尖上的一隻蝴蝶 110
光明之戒 120
騎士訓練課 124

進入可怕的噩夢國

歡迎來到……可怕的噩夢國！ 134
伙伴應互相理解！ 138
再會，會說話的船！ 142
再會，大巨人！ 144
再會，穿靴子的貓！ 148
再會，銀龍國公主！ 152
再會，公鹿羅博！ 156
在廣闊淒冷的冰原上，孤零零一個…… 160

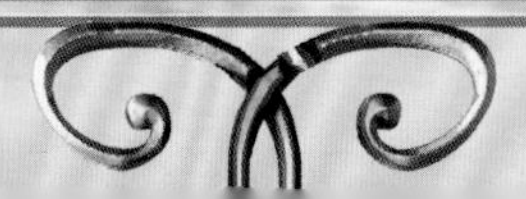

潛入噩夢國的皇宮！

冰與火沙漠 166
開往噩夢的電梯 168
深深的歎息井 172
我想拉起柵欄井蓋，我拉呀，再拉呀…… 176
石頭面具軍隊 180
三隻蝙蝠，一隻臭鼬……和一隻蠍子！ 183
石頭面具的秘密 186
是什麼甜蜜又珍貴？ 188
黑暗軍團 192
雙戒對戰 198
嗖，嗖，嗖 204
搏擊長空空空空空空！ 206
雙龍對決 210
權利、榮耀還是財富？ 216
勝利一定會屬於正義一方！ 218
為你服務，陛下！ 222

向冒煙火山進軍！

夢想國軍團的最終使命 226
冒煙火山的秘密 230

三層樓高的熏肉 234
咚咚鏘鏘鏘咚咚咚咚鏘鏘鏘鏘 242
美麗的秘密 246

駛向仙女國

第一縷陽光…… 252
誰知道？誰知道？誰知道？ 256
同樣的消息，三倍的驚喜！ 258
通通不合格……通通要打理！ 262
愛的力量 270
比薩餅的香味 276
彩虹的顏色 278

重返老鼠島

重返老鼠島 286
鼻子嗅着微風，眼睛望着遠方 290
有鼠在家嗎？我是水喉匠！ 294
夢想國寶典 301
夢想語詞典 303

你也想成為
夢想國的伙伴團成員嗎？
請在這裏貼上你的照片，
寫上你的名字吧！

請貼上你的照片！

我的名字是……………………………………

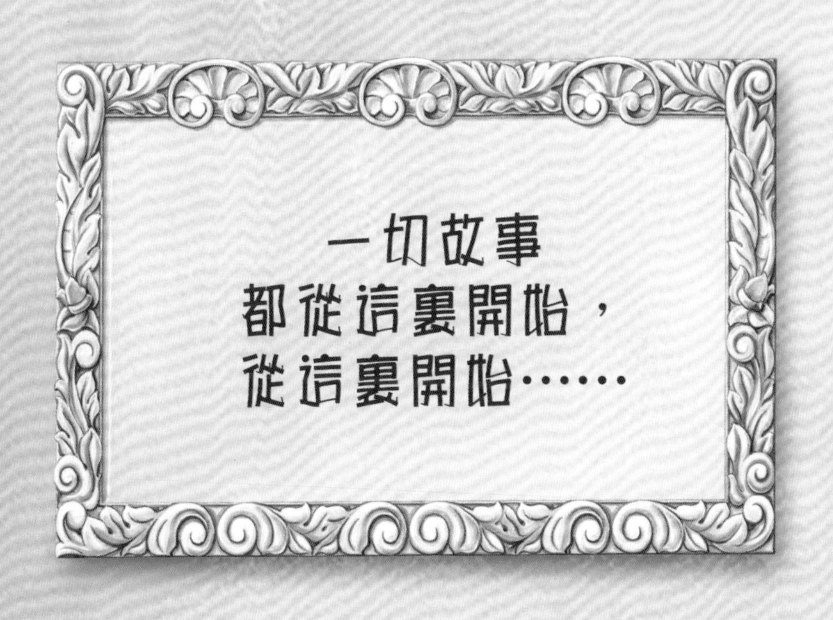
一切故事
都從這裏開始，
從這裏開始……

春日一個寧靜的午後……

一切故事都從這裏開始，從這裏開始……

春日一個寧靜的午後，或者說，恰恰是立春這一天的午後。妙鼠城，天空晴朗，一縷縷的金色陽光披在我肩上，彷彿宣告着一年中最美好季節的到來……

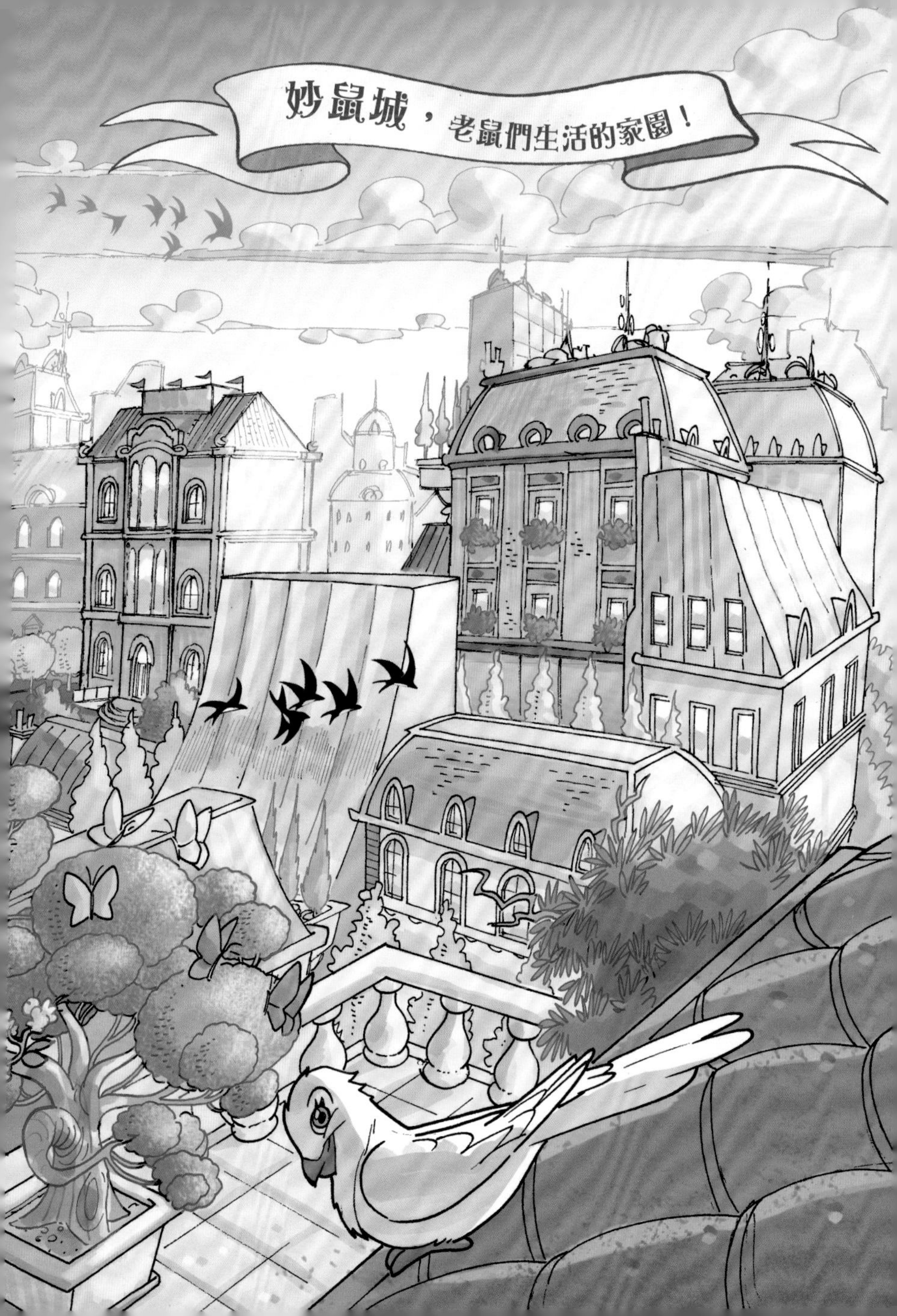
妙鼠城，老鼠們生活的家園！

《鼠民公報》大樓

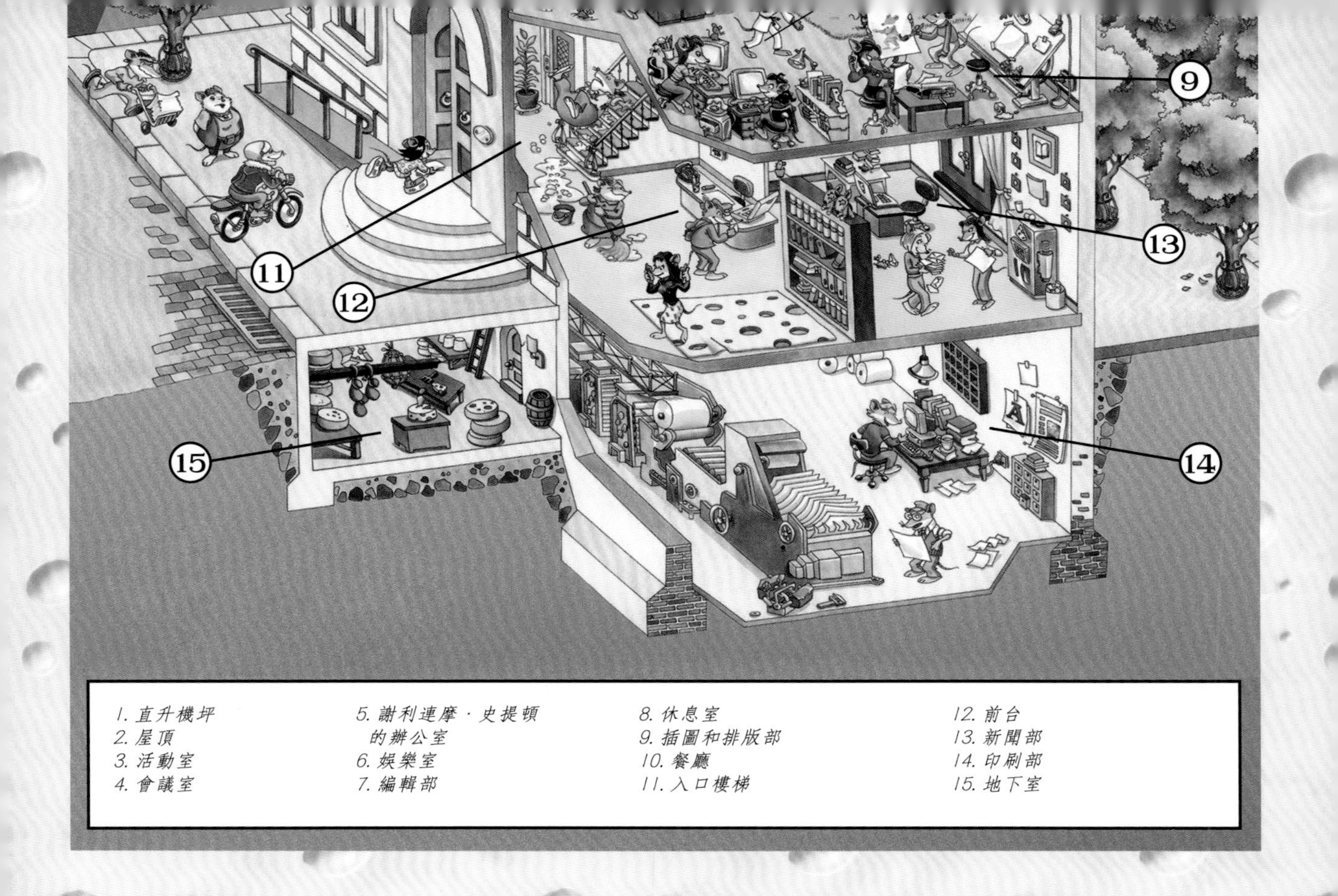

9
11
12
13
14
15
1. 直升機坪
2. 屋頂
3. 活動室
4. 會議室
5. 謝利連摩・史提頓的辦公室
6. 娛樂室
7. 編輯部
8. 休息室
9. 插圖和排版部
10. 餐廳
11. 入口樓梯
12. 前台
13. 新聞部
14. 印刷部
15. 地下室

大家好！
萬歲！
真好！
要開會了嗎？
老闆來了嗎？
笑一個！
花兒真漂亮！
哦，親愛的！
好香呀！

這就是編輯部！
如果將心靈靜下來，就能工作得更愉悅！
我在冥想中……呼呼！
今天天氣真好！
你好，謝利連摩！
咕唧咕唧
春天來了……
謝謝！
送給你的！
蝴蝶真可愛！
我有個好主意！

春日一個  寧靜的午後……

小鳥棲息在枝頭婉轉地**歌唱**，一叢叢的櫻花開得燦爛極了。

我坐在辦公室的轉椅上，懶洋洋地工作着：翻翻新書作者的**手稿**，給朋友們發發**郵件**，或清理公司的有關**賬目**。

哦，對了，不好意思，我還沒有自我介紹呢！我叫史提頓，***謝利連摩·史提頓！***我經營着《鼠民公

報》——老鼠島上最有名氣的報紙。

我隨手推開窗户，欣賞外面的景致，看着看着，我興奮得鬍鬚都顫抖起來了：咕嘰嘰，我好喜歡春天啊：妙鼠城裏的每一隻老鼠，都沐浴在春日的暖陽裏，個個笑得合不攏嘴！

我剛剛走回書桌旁，門吱呀一聲開了……探進來一個小腦袋，那是我的小侄子班哲文。

班哲文興沖沖地向我撲過來，一把摟住我的脖子撒起嬌來。

「好叔叔，今晚我能去你那兒吃飯嗎？」

我樂呵呵地說：「當然了，我的小天使！今晚大家都來我家，我們史提頓家族，要痛痛快快地大吃一頓比薩餅，來慶祝立春日哦！」

8
謝利連摩的家

我吃比薩餅撐着了……

史提頓家族的全體成員都聚集在我家：妹妹菲，表弟賴皮，坦克鼠爺爺，麗萍姑媽……

我還邀請了我的夢中情鼠——柏蒂·活力鼠，和她的哥哥達科他，以及姨甥女潘朵拉。

表弟賴皮親自下廚，為大家奉上了美味的比薩餅：餅的上面鋪了一層**番茄**，還有各式**蔬菜**。

再撒上乳酪粉，打個雞蛋漿，上面鋪上酸甜的菠蘿！

在所有的比薩餅中，我最愛吃的，就是羊乳乾酪比薩餅了！我一口氣吞下**一個**……**兩個**……**三個**……呃，吃着吃着，貪吃的我就忘記數數啦！

我惟一感覺到的是：我的肚皮像充氣的氣球，脹得越來越圓了！

「呱唧呱唧，呱唧，呱唧唧！」

大家一頓酒足飯飽後，開始收拾餐桌，洗刷杯碟。

一陣忙碌後，我和親戚朋友們互道晚安，然後一步步艱難地走回卧室。

這時，我才意識到：我吃得太飽了……

我翻來，又覆去……

這天夜裏，我躺在床上翻來又覆去，翻來又覆去……

我翻來，又覆去……

我的胃，脹得酸痛酸痛的，痛得我無法入睡。

哎喲喲，看來，我果真吃得太飽了！

我吃力地扭開枱燈，費力地開始閱讀。我想，也許閱讀可以幫助催眠我哦！

可不巧，我選錯了讀物：這竟然是本能讓我毛髮倒立的恐怖小說！

這下可好了，我不僅沒有睡意，還嚇得比原來更清醒呢！

在黑夜裏，我睜着滾圓的大眼睛，呆愣愣地望着天花板……

① 午夜時分，我從牀上爬起來，打算為自己泡第三十一杯菊花茶（上帝呀，我已經喝了三十杯了……）

② 我一不留神，竟然一隻腳裹在牀單裏，我被絆了一跤，這下可好了，牀頭櫃上堆着的三十個空杯子，一下子猛地砸下來……

③ 三十個杯子砸在地上，裂成了無數個比麪包屑還小的碎片。

④ 受到驚嚇的我，試圖保持好身體的平衡，卻不想一腳正踩在碎片上。

⑤ 頓時，痛得我吱吱尖叫。我逃進衛生間，滿頭大汗地翻找藥水膠布，卻沒注意到地板上不知何時積了一灘水，剛一腳踏上去又哧溜一下滑倒了……

⑥ 我一頭撞在洗臉盆上，頭上立刻磕了個大包！

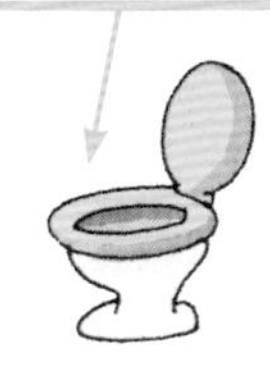

在我就要昏迷不醒的一瞬間，我才想起來：

地板上積了水，是因為我的馬桶漏水了！

而我居然忘記叫水喉匠來修理！！！

午夜時分，我吃力地從牀上爬起來，打算再泡杯菊花茶……

我被絆了一跤，牀頭櫃上堆着的空杯子，通通掉下來……

杯子砸在地上，裂成了無數片碎片！

我一腳踩在碎片上……

我逃進衞生間，翻找藥水膠布，卻踏着一灘積水，又哧溜地滑倒了……

我一頭撞在洗臉盆上……失去知覺！

一個濕漉漉的鬧鐘

不知過了多久，倒霉的我總算蘇醒過來，那是因為有一條濕漉漉的凹凸不平的舌頭，在我的臉上不停地舔過來，又舔過去……

一雙彷彿托盤那麼大的眼睛，金燦燦的，在黑夜裏閃爍……

這時，我隱隱地嗅到了一陣玫瑰的香氣……

我迷迷糊糊地嘟噥着：「誰……是誰呀？」

黑暗中，響起了一把深沉而美妙的嗓音，彷彿一千隻夜鶯在婉轉歌唱：

「我是你的好伙伴，
現在你可曾想起來？」

「我的好伙伴？」我心裏納悶，顫巍巍地問道。

黑暗裏又傳來銅鈴般的笑聲，那聲音繼續唱道：

「既勇敢，又誠實，
我是一名遠道而來的信使……
我的王國美麗又廣闊……
那就是無邊無際的夢想國！」

天哪，我總算反應過來了。

原來黑暗中的使者，正是

彩虹巨龍！

彩虹巨龍

彩虹巨龍，是仙女國皇后忠實的信使。他全身布滿了閃閃發光的金色鱗片，背上長着七種顏色的觸角！他喜歡聽古典音樂，他的呼嘯聲宛如銅鐘般清脆嘹亮！他吸吮幸福的香氣，從他的鼻孔會噴出玫瑰色的香氣！他力大無窮，十分喜歡撓耳朵！

我旋開枱燈，借助燈光仔細地端詳起彩虹巨龍，他從窗户中鑽進半個身子，興奮地扭來扭去。

我激動得一把摟住他：「我親愛的朋友！」

這時，一把熟悉的聲音，從巨龍身後響起來。

那是有些漏風的聲音：

「騎士士士士士士士士士士士士！」

說話的，正是我許久不見的朋友，癩蛤蟆

斯咕嚕·賴嘰嘰！

我曾和他並肩戰鬥，不知在夢想國度過了多少難關呀！

老友相見，我開心得咧開嘴笑，一個疑問卻瞬間掠過腦海。

此時此刻，他們倆為什麼過來找我呢？？？

為什麼？

為什麼？

為什麼？

飛躍星空！

我十分好奇地問道：「是什麼風把你們吹過來啦，朋友們？」

「因為仙女國的皇后被綁架了！」

聽到這話，我大驚失色：「什麼麼麼麼？芙勒迪娜被綁架了？」

「嗚嗚嗚，**女巫國的皇后**把她劫走了！」

賴嘰嘰哭喪着臉，遞給我一卷羊皮紙……

你們能讀出上面寫着什麼嗎？*

**可以參考303頁上的夢想語詞典哦！*

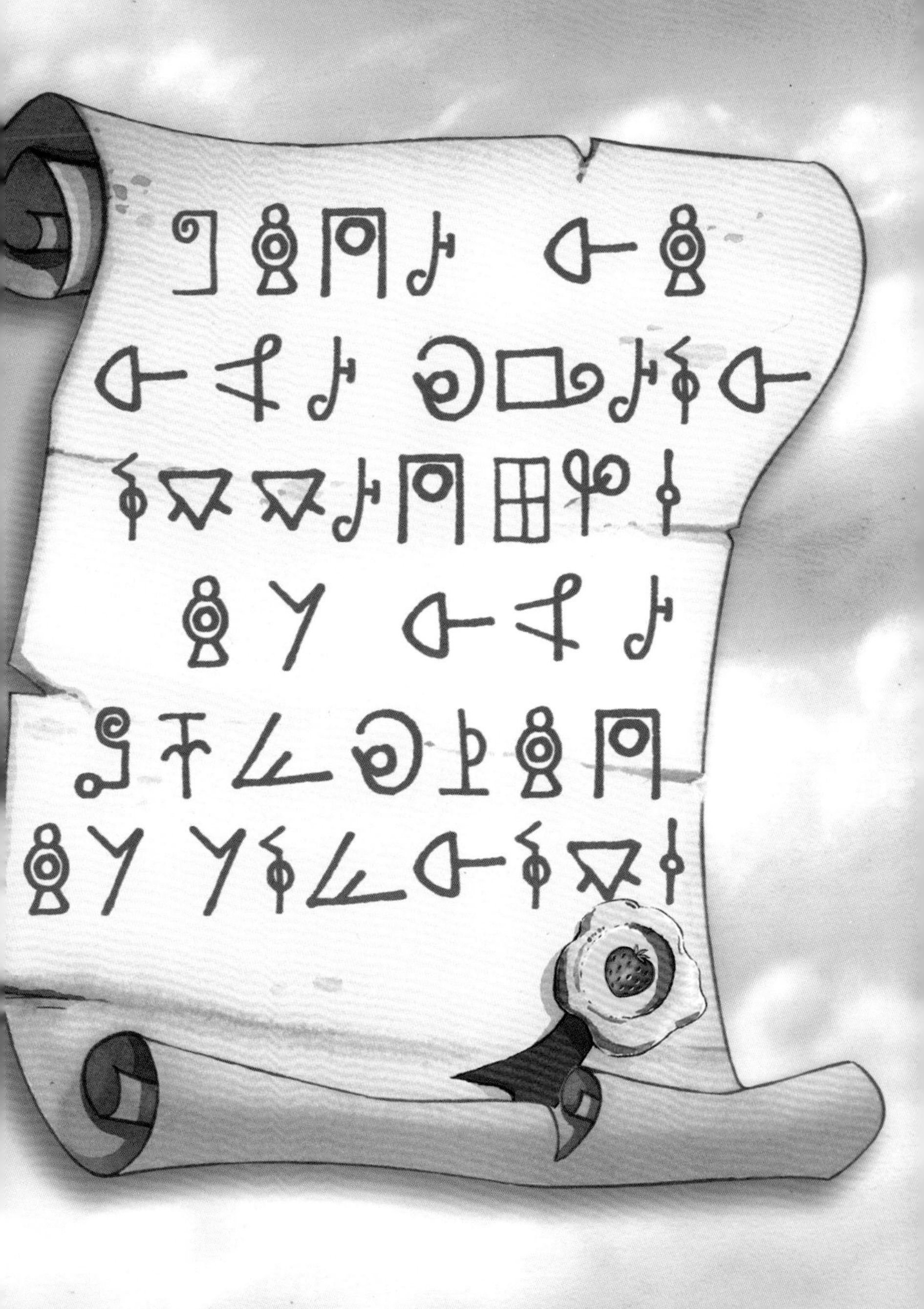

我仔細地看着羊皮紙上的字，一字一句地翻譯出來：趕快來參加夢想國召開的重要集會。

賴嘰嘰解釋道：「矮人們決定召開夢想國的大型集會。一個、兩個、三個……多少個世紀以來，從未召集過如此重要的集會呢……要説最重要的參加者，那就是**正直無畏的騎士**你呀！」

癩蛤蟆拽住我的尾巴，不停地催促道：

「快快快，快隨我們前往矮人國吧。你可要穿得精神點，不要穿着一身睡衣去哦！」

「可我還……」

不等我説完，癩蛤蟆大手一揮：「快快快！偉大的使命在等着你呢！現在整個夢想國都**陷入危機**之中，只有你，才能幫助我們！」

我不敢有半點怠慢，趕緊整理行裝，**賴嘰嘰**則在我耳邊吐着大舌音，不停地嘮叨嘮叨嘮叨嘮叨

嘮叨嘮叨嘮叨嘮叨……我的耳朵簡直都要被震聾啦！

「我就知道：你肯定會和我們一起去。正直無畏的騎士呀，因為你有一顆**高尚的心！**」

彩虹巨龍載着我們，在花園裏一陣助跑。

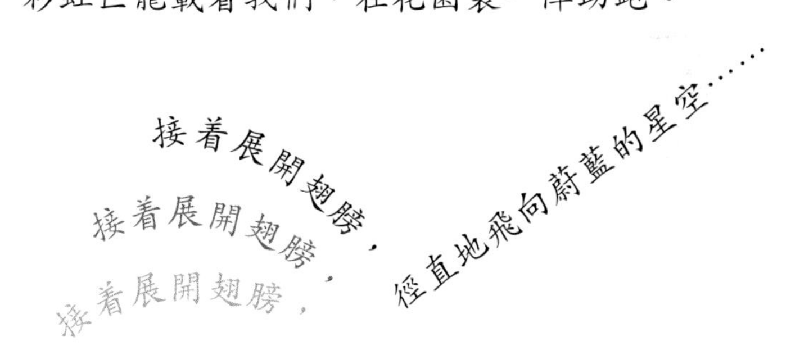

我激動地高呼起來：「我們要飛越彩虹啦啦啦啦啦！」

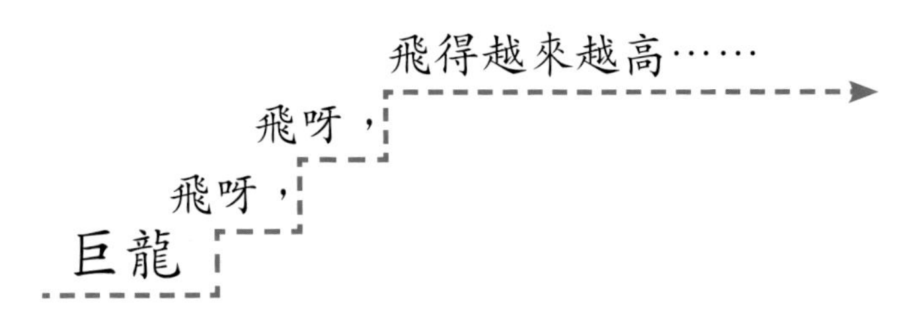

我們越飛越高，穿越厚厚的雲層……

我們已經離地面如此遙遠，彷彿我一伸手就能觸到月亮……

我將頭埋在潔白的雲朵裏，心裏咚咚地打着鼓：在神秘的夢想國裏，等待我的將會是什麼呢？

去夢想國旅行

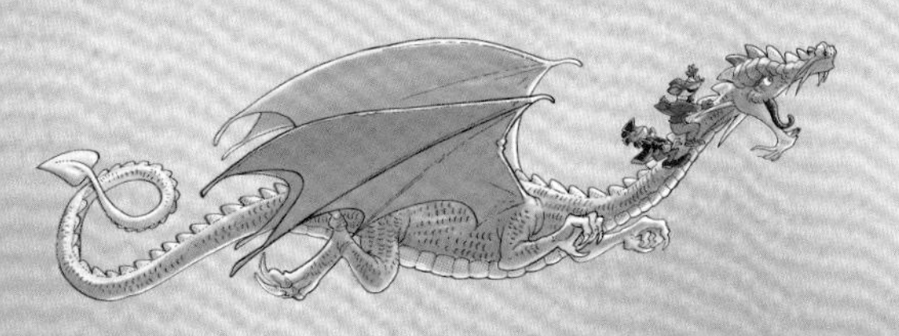

……最差的旅行，

飛越彩虹虹虹虹虹虹虹！

就是插上夢想的翅膀！

耳邊颳着呼呼的風，我們在空中整整飛行了一夜，黎明時分，我們終於抵達仙女國的上空。在我的記憶中，這裏的春天陽光普照，空氣中瀰漫着鮮花的芬芳……可不曾想，現在這裏竟覆蓋着無邊無際的皚皚白雪，寒氣襲人！

寒冷蕭瑟的冬天

我喃喃自語道：「水晶宮——仙女們居住的城堡到哪兒去了？」

賴嘰嘰歎氣道：「唉唉唉，如今整個城堡都被冰雪掩埋了，只有最高的尖頂還露在地面的冰雪之上。以一千隻蝌蚪的名義，現在的冬天是**多麼寒冷蕭瑟啊！**」

癩蛤蟆很傷感地指給我們看腳下的冰層，我看

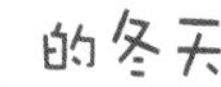

見一個鑲着銀色小星星般的城堡尖頂，從雪地裏露出來。

我悲傷極了，難過地哭起來。天氣那麼寒冷，以至於我的淚水剛剛從眼眶裏流出來，就凝結成了冰，像冰珠似的一顆顆墜落到地上，發出乾澀的聲音……

啪啪！啪啪！啪啪！

我心裏好難受，頭痛得彷彿要炸開來了！

事實上，賴嘰嘰一整夜都在我耳邊吟誦着他新作的詩歌：關於仙女和女巫，關於戰爭與和平，甚至還有關於蝌蚪和癩蛤蟆。

賴嘰嘰說話那麼囉嗦，真是一個令人煩躁的旅伴啊！

就連此刻，他也不讓我有半刻的安寧，還強迫我聆聽他的一首蛤蟆體詩歌，而且命令我必須全神貫注地聆聽呢，這就是他的新作：

 皚皚的白雪……和癩蛤蟆！

文學蛙斯咕嚕．賴哦哦的蛤蟆體詩歌

這首詩之下是皚皚的白雪，
它在我腳下無盡的蔓延……
嗚哇哇，多少飛揚的雪片，
以一千隻蝌蚪的名義，
映入我悲傷的眼簾！
這裏曾擁有溫煦的春天，
歡聲笑語仍在記憶中縈繞。
如今嚴冬將萬物籠罩，
陣陣刺骨的山風在林間哀嚎。
儘管冰雪統治着世間的一切，
它卻休想佔據我們的心間！
我們的皇后被莫名綁架……
誰也不知她現在是危是安！

但一羣伙伴將團結在一起，
讓可惡的女巫聞風喪膽！
正直無畏的騎士是我們的先鋒，
領導我們踏上未來的征程，
呱呱——呱呱——呱呱呱！！！
這首詩到這裏告一段落，
接下去的篇章在你的
手中……
而我的故事到此為終！
斯咕嚕．賴嘰嘰

灰蒙蒙的天空，
彷彿我此刻的心情

我們急匆匆地趕往矮人國，希望能來得及趕上夢想國的重要集會。

天空灰蒙蒙的……正如我此刻**灰暗**的心情！

西方**冰冷的山風**裹着厚厚的烏雲，向我們一陣陣襲來……彷彿**女巫們**呼出的氣息，將我們凍得渾身打顫！

正是這層厚厚的烏雲，阻擋住了陽光照射到地面：難怪這裏是這樣的**寒冷冷冷冷冷冷冷！**

好厚的濃霧！

矮小而偉大的民族

費莉亞　柏拉徒

我們終於在矮人國着陸了。國王**柏拉徒**和皇后**費莉亞**，正端坐在大廳裏等候我們的到來。當看到我們時，國王高興地起身迎接我們。

「尊敬的騎士，你終於來了。感謝上帝！我們正要召開**夢想國的大型集會**呢。明天，各個王國的代表們都會陸續抵達，我們只有團結起來，才能救出**芙勒迪娜**！」

費莉亞也緊隨着迎上來，鎮定地勸慰大家：「勝利一定會屬於我們正義一方的！」

她的話在我腦海中久久地縈繞，堅定了我必勝的信念，也帶給我無窮的力量……

勝利一定會屬於正義一方！
勝利一定會屬於正義一方！
勝利一定會屬於正義一方！
勝利一定會屬於正義一方！
勝利一定會屬於正義一方！
勝利一定會屬於正義一方！
勝利一定會屬於正義一方！
勝利一定會屬於正義一方！
勝利一定會屬於正義一方！

靜謐的夜晚，遠方的來客

費莉亞微笑地對我說：「尊敬的騎士，你一定累了吧！我們馬上為你安排房間休息！」

這時，矮人國的大臣焦急地嘀咕道：「呃，陛下，眼下有個問題很麻煩……」

「什麼問題？」費莉亞急切地問。

大臣低聲一五一十地彙報：「他，站在那兒的異鄉客，也就是那位騎士，總之……我們低矮的房間怎麼能裝下他呢？誰讓他長得那麼高呢！」

費莉亞聽完，果斷地把小手一揮：「這還不容易嗎？把騎士領到我們平時舉行宴會的大廳去住，那個大廳的穹頂可是整個王國最高的！再吩咐宮廷木匠們，將十張牀連成一張大牀，釘在一起！吩咐宮廷裁縫們，將十張牀單和十幅窗簾連接起來，再給我們尊貴的來客剪裁縫製成一張被子！同時吩咐宮廷廚師們，立刻準備*許多許多許多*菜餚，因為，我們的騎士不僅個子長得*非常非*

常高，而且經過了長途跋涉後，胃口也肯定會非常非常大呢！」

聽了費莉亞這番話，

我向矮人們深深地鞠了一躬，鬍鬚都觸到地面了

「謝謝您，陛下！你們的熱情好客，

真是讓我太感動了！」

那一晚，特別疲憊的我，由於對未來的過分擔憂，翻來覆去卻怎麼也睡不着。

為了幫助我入睡，矮人國皇后給我講了個美妙的故事，接着，由男孩和女孩組成的矮人合唱團，在我耳邊輕聲地哼唱起甜蜜的搖籃曲！

多虧了他們的幫忙，我焦慮的情緒慢慢地平緩下來……

……漸漸地進入了香甜的夢鄉！

宮廷木匠們……

他們為了我，特地為了我，造了一張牀！將十張牀連接釘在一起！

宮廷裁縫們……

他們為了我，特地為了我，縫了一張被子！由十張牀單和十幅窗簾縫製而成！

宮廷廚師們……

他們為了我，特地為了我，準備了許多佳餚，因為我實在太太太餓了！

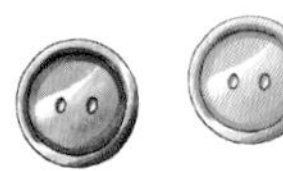

最時髦的矮人裝

第二天早晨，矮人國皇后自豪地對我說：

「昨晚，我們王國裏所有的**女人們**熬了個通宵，用王國最頂級的羊毛料子，給你縫製了一套頂呱呱的衣服，又**柔軟**又**保暖**，還是最流行的**矮人裝樣式**呢！」

我設計了服裝款式……
我給你提了建議……
我將布料晾曬……
我將布料攤平……
我將線穿進針眼……
我縫製衣服……
我幫你拿來了防水膠布……
我選了服裝布料……
我剪裁了布料……
我將布料熨好……
我拿出自家的頂針……
我將線頭打結……
我一不小心
破了指頭……

只見衣服的**領子**上，細密的針線縫着我的名字：

謝利連摩・史提頓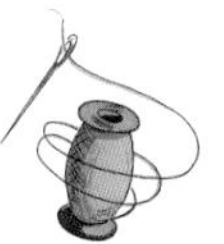

我彎下腰，感激地吻着小矮人的手，一個接一個。

「謝謝，尊敬的女士們，我穿上你們親手縫製的愛心衣，感到非常自豪！現在，我一丁點兒也不覺得冷了……因為你們的無私和熱心，温暖了我的**心**！」

謝謝，尊敬的女士們！
我縫了一個袖子……
我鎖好了扣眼……
我縫了長襪……
我縫了帽子……
我給靴子擦油……
我縫了另外一隻……
我將鈕扣固定……
我縫了褲管……
我縫了襪子……
多高雅的騎士呀！

夢想國的大型集會

我倚在陽台上遠眺，遠處的道路上一片**塵土飛揚**。我想，那一定是仙女國皇后的盟友們到了！

期盼的火花，在我頭腦中不停地閃爍：如果我們大家團結一起，我們肯定就有希望將仙女國皇后芙勒迪娜救出來！

只見綠色的**小妖精**，騎在舞動着透明翅膀的蜻蜓身上，迎面而來；多條搖頭擺尾的**巨龍**，嘴裏噴出一團團的**火燄**；向我疾馳而來的，還有那些遍體雪白的**獨角獸**。在所有的盟友當中，我一眼就看到了變色龍膿包、呱呱鵝，還有蟑螂奧斯卡：他們都是我在第二次漫遊夢想國時結識的朋友！

我還看到英偉的**精靈們**，背着裝滿銀箭的箭囊！

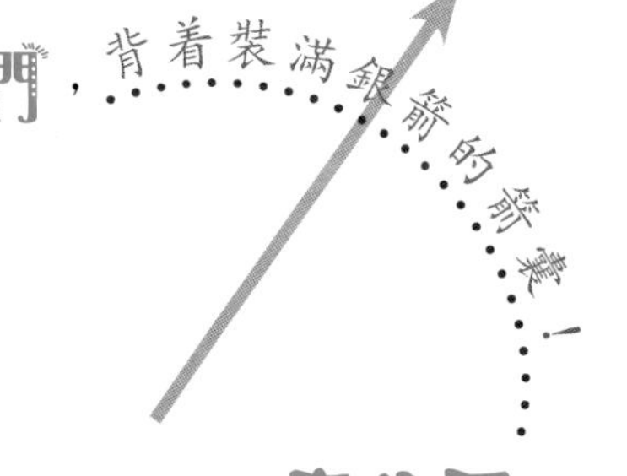

哦，那不是穿靴子的貓嗎？他也同**童話國**的一些朋友來了。

還有一羣羣的**海洋生物**，通過水路向這邊進發。他們的皇后端坐在一個巨大的水晶魚缸裏，悠閒地不時搖着尾巴。

我的視線停在更遠處的河面，兩片被風吹得鼓鼓的絲綢風帆，閃閃發亮，揚帆的小船正向這裏飛馳而來：原來是一艘無人駕駛的藍色帆船，天知道它來自何方？

銀色巨龍！
小妖精們！
仙女國皇后的盟友們到了！
大巨人「堅毅的心」！
精靈們！
海洋生物們！

阿齊亞，會說話的船！
獨角獸！
變色龍朧兒！

夢想國軍團！

精靈：高貴、無私、善良，熟悉森林裏的一切，動作安靜而迅速。

銀色巨龍：強壯而勇敢，熱愛正義和公正。

獨角獸： 在藍色獨角獸森林裏生活。

海洋生物： 海妖們、海豚和鯨魚……他們都是芙勒迪娜的盟友！

大巨人「堅強的心」和穿靴子的貓：為了救出芙勒迪娜，他們都從各自居住的國家趕來。

致所有的盟友，
無論遠親還是近鄰……

矮人國宮殿前的大草坪，聚集了仙女國的所有盟友：密密麻麻地站了一大片，以至於宮殿都裝不下大家了！

矮人國國王**柏拉徒**和皇后**費莉亞**清清嗓子，鄭重地開始講話。

天氣異常的寒冷，他們每說出一句話，呼出的氣就在空氣中**凝結**起來，形成一朵朵雲彩！

「致所有的盟友們，無論遠親還是近鄰……我們要告訴大家：

芙勒迪娜現在身處險境！

她被女巫國皇后綁架了！」

眾人驚呼起來：「哦唷！」

當大家的情緒稍微平靜下來，矮人國的國王宣布道：「時間緊迫，不能再耽擱了，我們要馬上出發營救她！」

我輕輕咳嗽一聲，小聲道：「呃，陛下，不好意思打斷你，我……」

「什麼？」

「呃，我有個小小的疑問。」

「什麼疑問？」

「呃，我們現在該往哪裏去救呢？我們還不知道她被關在女巫國的哪個地方呢！」

費莉亞猛拍了一下腦門：「對呀，老公，這個問題我們為什麼沒想到呢？」

柏拉徒捋了捋鬍子：「對哦，老婆！我們還不知道到哪兒去找她？！」

一隻小精靈絕望地尖叫起來：「哎呀呀，我們連她被關在什麼地方都不知道，還怎麼救人呀？」

所有的巨龍也焦躁地扯着嗓門咆哮起來：

「糟糕糕糕糕糕糕糕！」

從海洋一路趕來的章魚們轉着圈，懊惱地齊聲高歌起來：「這下營救計劃徹底泡湯啦，泡湯泡湯泡湯啦！」

柏拉徒一拳砸在地板上：「大家安靜！現在可不是開玩笑的時候！」

此時，一直懶洋洋趴在地上的朧包說話了：「我倒有個主意！幾年前，芙勒迪娜曾將一個銀色小匣子交給矮人們保管，你們還記得嗎？她曾經囑咐過你們：只有當夢想國遭遇極大危險的時後，才能打開小匣子！」

聽朧包這麼一說，矮人國國王眼睛一亮：「你說得對呀，朧包。我們現在就去圖書館，把這個小匣子拿出來！」

我跟隨矮人國國王去圖書館，我剛想稱讚朧包很聰明，可卻怎麼也找不到他了！

這傢伙又變了顏色偽裝起來，和以往一樣狡猾！

你能找出
朧包到底藏在哪兒嗎？

秘密中的秘密！

矮人國國王小心謹慎地捧出一個小匣子，原來是個精緻的白銀**首飾盒**，形狀像一朵玫瑰花。

只見，首飾盒的盒身一閃一閃地發光，原來，在它的花瓣上，竟鑲着成千上萬顆**小鑽石！**彷彿幾千顆小星星在眨眼睛。

矮人國的國王將一把小鑰匙輕輕地插進鎖眼。

此刻，大家都緊張地屏住了呼吸……

首飾盒打開了，只見裏面躺着一個銀色的**指南針**，羅盤上面刻着夢想國的文字。

旁邊還附着一卷**羊皮紙**，上面也寫滿了夢想語。

翻過這一頁，你能讀懂上面寫了些什麼嗎？

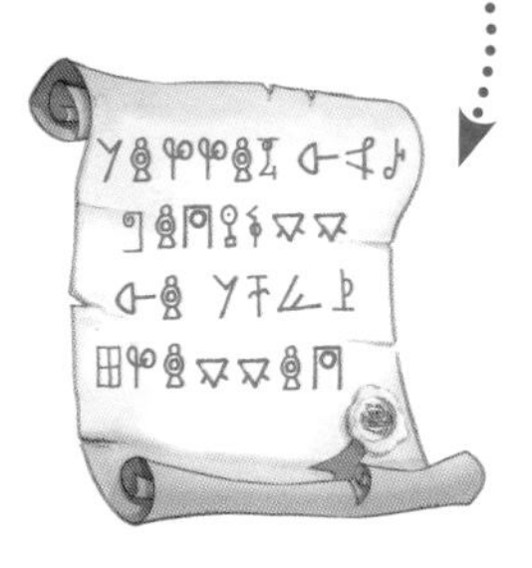

匣子裏躺着一個
鑲着鑽石的銀色指南針，
羅盤上面刻着
夢想國的文字……

試試看，你能翻譯出來嗎？*

*可以參考303頁上的夢想語詞典哦！

還有一卷羊皮紙哦！

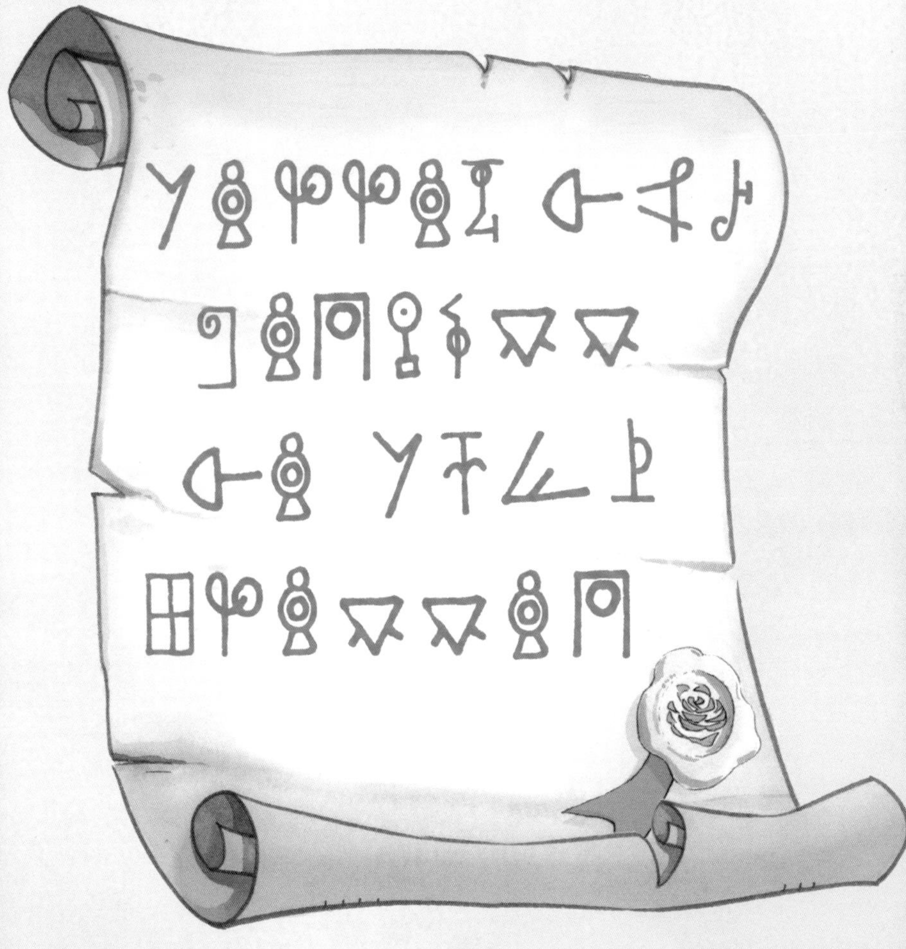

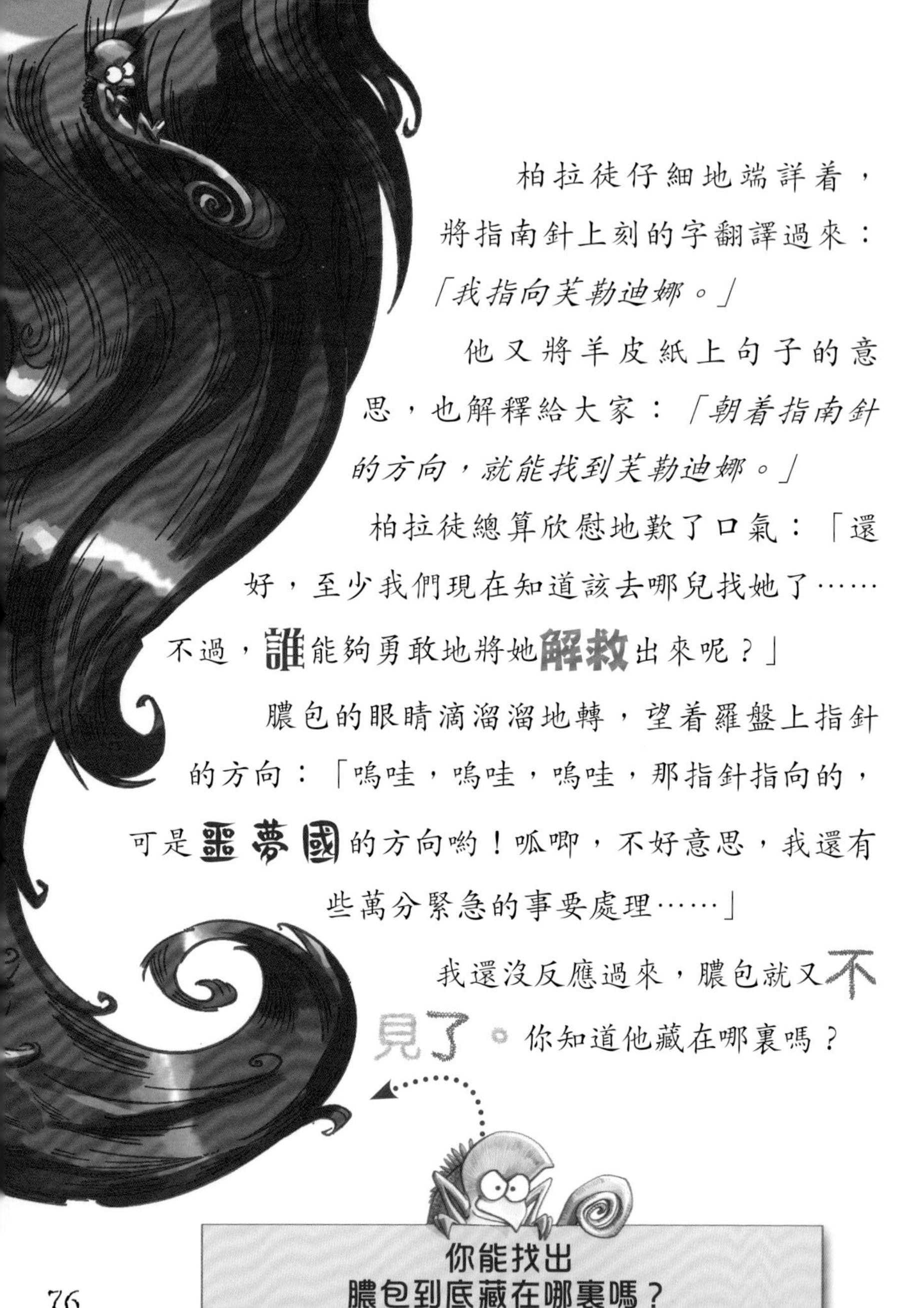

柏拉徒仔細地端詳着，將指南針上刻的字翻譯過來：*「我指向芙勒迪娜。」*

他又將羊皮紙上句子的意思，也解釋給大家：*「朝着指南針的方向，就能找到芙勒迪娜。」*

柏拉徒總算欣慰地歎了口氣：「還好，至少我們現在知道該去哪兒找她了……不過，**誰**能夠勇敢地將她**解救**出來呢？」

膿包的眼睛滴溜溜地轉，望着羅盤上指針的方向：「嗚哇，嗚哇，嗚哇，那指針指向的，可是**噩夢國**的方向喲！呱唧，不好意思，我還有些萬分緊急的事要處理……」

我還沒反應過來，膿包就又**不見了**。你知道他藏在哪裏嗎？

你能找出膿包到底藏在哪裏嗎？

夢想國營救軍團

矮人國的國王和皇后環顧四周，高聲地問：「**誰**有膽量踏上征途？**誰**自願解救芙勒迪娜？**誰**願意加入夢想國軍團？」

話音剛落，我一步躥上前去：「我！我名叫史提頓，***謝利連摩・史提頓***，在這裏，也就是夢想國，大家都稱我為『**正直無畏的騎士**』。」

受到感動的費莉亞一把摟住我的脖子：「親愛的，親愛的，其實我真為你感到驕傲！讓我親親你這惹人喜歡的小鬍子！喏，我這個小瓶裏裝着**巨龍的眼淚**：可以治好任何創傷！送給你吧！」

柏拉徒急切地巡視着在場的每一位：「還有**誰**願意加入進來？**誰**？**誰**？？**誰**？？？」

巨龍的眼淚

最後一個巨人

就在這時，我腳下的土地開始顫抖起來。

碎！碎！碎！

隨着響聲，一個有十五層樓那麼高的巨人大步走上前來，他的帽子像鐘樓的尖頂那麼高。

他就是「堅強的心」，我的大巨人朋友！

我連忙退後幾步，以免會像我們第一次在夢想國相遇時那樣，他一腳踩下來，我差一點兒被踩扁成油炸糕。

不過，同上次見面相比，我隱約覺得：大巨人似乎有什麼心事……

好久不見，我真想緊緊地擁抱他，可他太高了，我觸不到他！

大巨人將我放在手掌上，抬起手，一直把手舉到他的眼前。天氣好冷啊，大巨人呼出的一團團氣，瞬間就凝成了朵朵的白雲。

可憐的我喲，大巨人呵出的氣裏瀰漫着濃濃的洋蔥味！熏得我難受極了。

我回想起來：大巨人最喜歡吃的東西，就是洋蔥：他早飯吃，午飯吃，晚飯吃，下午茶吃，甚至宵夜也吃！他把洋蔥燉着吃，炸着吃，**拌沙拉**吃，**糖醋**吃，**醃了**吃，**炒了**吃，他甚至可以不用配麪包，就把洋蔥吞下肚！

大巨人發出雷鳴般的問候聲：「我最親愛的朋友，你還好嗎？」

我被熏得直翻白眼（都是洋蔥*散發的味道害的！）但我仍然用微弱的氣息答道：「**我很好**，你呢？」

大巨人歎了口氣：「現在我有了許多朋友，比以前好多了，可我還沒有找到一個伴侶，也許我永遠也找不到啦……」

我關切地問：「你覺得孤單嗎？」

*翻過這頁，你就能聞到大巨人身上的洋蔥味兒啦！

大巨人
洋蔥麵包的味道

這就是大巨人最喜歡吃的麵包！

聞聞看！

「我渴望有個家，有個妻子，和她生一羣小娃娃，再看着他們一天天長成大巨人……不過，現在別説我的事情啦，我們還是儘快去救出芙勒迪娜吧！」

大巨人的視線掃向在場的眾人，自豪地高聲宣布：「我發誓，將為這次偉大的任務竭盡全力！」

大家的情緒受到了感染，齊聲喝彩：

「歡迎加入夢想國軍團！」
「堅強的心」
最後一個巨人

堅強的心

堅強的心

北方巨人族的最後一個巨人——山鷹家族的後裔

大巨人是北方巨人族的首領——山鷹家族的後裔，也是謝利連摩第一次漫遊夢想國時結識的朋友。謝利連摩為他取了名字「堅強的心」！

大巨人有着令人傷感的身世。在他出生不久，巨人國不幸地迎來了白色死神，也就是可怕的「雪崩」……他的家人，在那天夜裏全部長眠於皚皚白雪之下。

只有大巨人，僥倖活了下來。從那以後，他就孤零零地活在世上，成了部落裏的最後一個巨人！

他無論走到何方，身上的背包裏總裝着巨人族國王和皇后的皇冠，因為，這是父母留給他最後的紀念！

大巨人的背包裏，還裝着一大串洋蔥，他最喜歡吃洋蔥了，就連早飯也離不開它。所以，連他的呼吸裏，都總是彌漫着洋蔥的味道！

大巨人每時每刻都覺得自己很孤單：雖然他擁有一座龐大的城堡——山鷹岩，這是巨人的皇宮，但卻找不到一個可以和他分享的伴！他一直夢想有個真正的家，在那兒，他能感覺到關懷、愛護和幸福！

他的這一願望，能夠在未來的某一天實現嗎？

公鹿羅博——地精國的智慧長者

就在這時，一把深沉的聲音從廣場上響起來：「我可不怕什麼**噩夢國**，我也要加入你們的隊伍！」

大家紛紛扭過頭去，尋找着說話的這位勇士。

我也轉過頭，好奇地望着遠處那位嗓音低沉的陌生勇士，從他身上隱隱地散發出來清新的**草香***……

聞着它，讓我彷彿置身於茂密青蔥的森林裏……

集會上的聚集者迅速散開，大家主動地讓出一條路來，頃刻間，那位陌生的勇士走到我面前。

我眼睛眨也不眨地盯着他。

原來是一隻**白色的**公鹿！

*翻到87頁，你就能聞到香味啦！

只見，他的身體勻稱矯健。全身皮毛白似雪，但鹿角和蹄子卻是金色的。他的脖子上還掛着個**金光燦燦**的小吊墜，上面刻着**櫟樹葉子**的圖案。

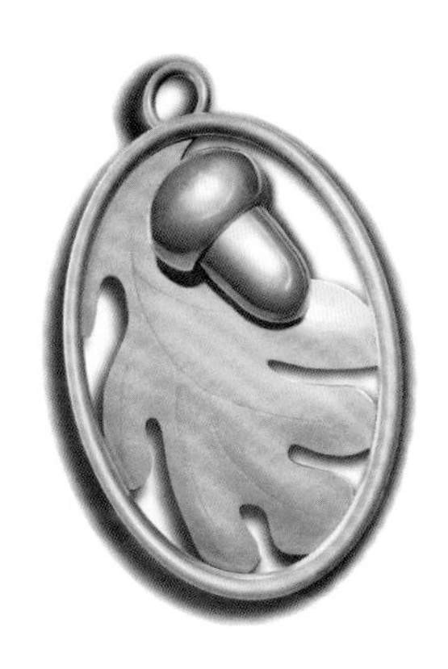

賴嘰嘰一下子明白過來：「哦，櫟樹葉子的圖案……那不是地精國的標誌嗎？」

對了，櫟樹葉子代表着智慧和靈巧，是那些居住在森林深處**神秘**而**高貴**的精靈們的象徵！

大家好奇地交頭接耳。

「他是誰？」

「他是做什麼的？」

「他從哪兒來？」

公鹿神氣十足地**注視**着大家，非常自信地說着自己的身世：「我——羅博，地精國的長者，將與你們一起，踏上營救芙勒迪娜的征途！」

我立刻熱情地對他說：

「歡迎加入夢想國軍團！」

公鹿羅博，是地精國的智慧長者

地精國森林的草香味！

聞聞看！

這就是散發着香味的大櫟樹！

公鹿羅博

羅博

地精國的神秘長者

地精是生活在森林深處的族類，他們古老而又高貴，喜歡自由自在的生活。

地精國的智慧長者，很少在陌生人前出現，他喜歡安靜，隱居在森林深處。從外表看，他是隻白色的公鹿，全身皮毛似雪，但鹿角和蹄子卻是金色的。誰也不知道這是不是他的真面目，也不明白為什麼他沒有精靈的外貌，卻擁有公鹿的體型。

他的脖子上掛着個金光燦燦的小吊墜，上面刻着櫟樹葉子的圖案——地精國智慧和靈巧的象徵。他性格十分謹慎，隨時準備抵禦危險，也樂於為朋友提出智慧的建議。

他的名字叫做羅博，不過人們也常常這樣稱呼他：熱心可靠的朋友、和平的捍衛者、智慧的象徵、森林深處的隱者……

他隱居在森林深處的一座金色城堡中。城堡的四周，圍繞着參天的原始森林。只有最純潔的人，才能穿過茂密的叢林，發現通往金色城堡的道路。

愛麗絲——銀龍國的公主

這時，一個身材纖細梳着金色長辮子的少女，步履輕盈地走上前來。

她看上去十多歲，應該沒到二十歲。

她一步步走近時，我仔細地端詳起來，她的面龐很清秀：鵝蛋臉，綠色的眼珠，秀氣的鼻子，櫻桃般紅潤的嘴唇，還有陶瓷般亮澤的膚色。

她全身的衣服都是銀色：上衣、胸甲、護膝和靴子。

她還背着個銀色的箭筒，裏面裝着一支支的銀箭。

她落落大方地自我介紹起來：

「我名叫愛麗絲，是銀龍國的公主。

我也要加入你們的隊伍，一起救出芙勒迪娜！」

那少女隨手從背囊裏取出一根銀色長笛，對着天空婉轉地吹奏起來，引起一陣巨龍的呼嘯聲。

愛麗絲向我們解釋道：「我們銀色巨龍族的子民，也要為拯救仙女國皇后出一把力！」

不一會兒，一隻體態優雅的母龍，就降落在她的身旁。

少女對我們說：「她的名字叫火花，這次，將隨我一起踏上旅程。」

說着，愛麗絲從背囊裏摸出一本銀色封面的書，那書上包着柔軟的銀色綢緞，散發出薰衣草的香味。

她將書本展開，鄭重地說：「這本書裏，有我們部族領袖的全部智慧結晶：我將它也一同帶來，希望能為救出芙勒迪娜出些主意！」

一股淡淡的薰衣草**香味***，從書本裏溢散開來。

我趕忙彎腰一鞠躬，歡迎愛麗絲。

「歡迎加入夢想國軍團！」

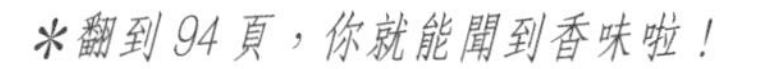

*翻到94頁，你就能聞到香味啦！

愛麗絲

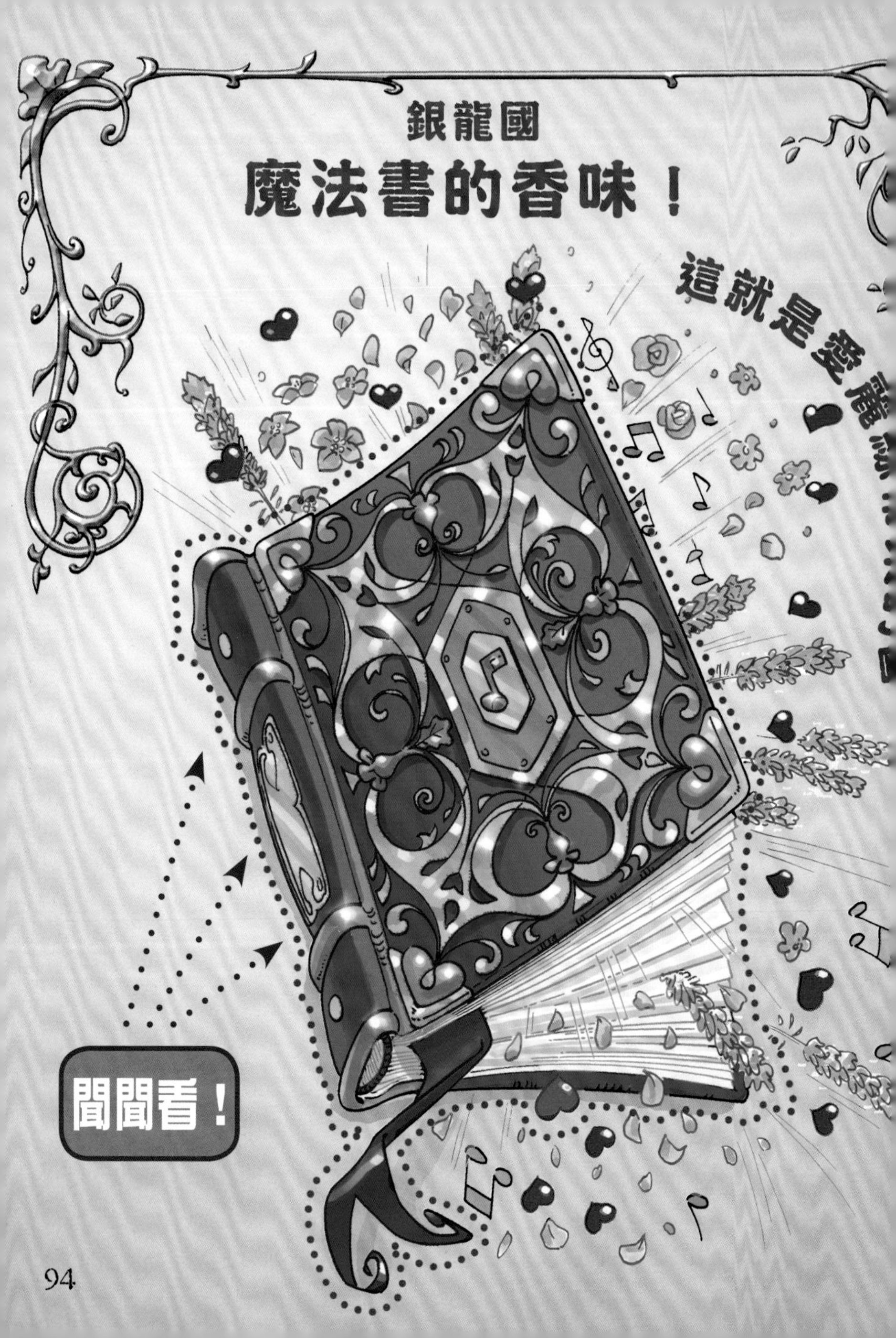
銀龍國
魔法書的香味！
這就是愛麗
聞聞看！

愛麗絲

銀龍國公主

在神奇的銀龍國裏，住着一位勇敢又堅強的小公主，她的名字叫愛麗絲。

她有許許多多個稱號，比如：銀龍國的公主、光明的捍衞者、火焰秘密的傳人、巨龍們的守護者。

她是個技巧高超的弓箭手和劍客，因為，她擁有的箭和寶劍都與眾不同。

它們並不製造傷口，卻能癒合傷口；它們不是用來攻擊，而是被用作防禦——它們是用陽光鑄成的！

誰觸碰了它們，性格也會發生改變：邪惡的，會變為善良。

愛麗絲是銀龍國巨龍們的馴養人，巨龍們對她都千依百順。她平日總帶着一根銀色長笛，用來訓練她的這些大寵物；還隨身帶着一本古老的硬皮書，裏面包含着銀龍國祖先們的全部秘密。這本書的書頁中，散發着薰衣草的香氣！

愛麗絲訓練出來的巨龍，能夠在各種惡劣的自然條件下飛行，並做出令人驚歎的高難度動作哦！

在銀龍國，她專門為巨龍們打造了一個訓練場，裏面有一條飛行着陸跑道，甚至還有一個寬闊的大湖，以供喉嚨發炎的巨龍們浸在裏面降溫……誰讓牠們總是呼呼地從喉嚨裏噴火呢！

穿靴子的貓

一隻全身灰色的**毛皮**動物走上前來，彬彬有禮地朝我鞠了一躬。他濃密的毛皮，好像絲緞一樣光滑柔軟。

他兩隻金黃色的**大眼睛**彷彿琥珀一般，閃着**狡黠**的光芒。

還有他的**手爪**，多麼鋒利呀！

再看，他的腳上穿着一雙紅色的軟皮靴，頭上戴着一頂寬沿帽，身上還雄赳赳地挎着一把劍，在劍柄上，有一顆碩大的祖母綠寶石閃閃發光。

只見他捋了捋鬍鬚道：

「喵喵，我代表**貓仔們**，向您致以崇高的問候！

我的名字叫『**灰皮**』，不過，人們常稱我為『穿靴子的貓』，或者『會說話的貓』，或者『貓中翹楚』。我還有一些其他綽號，比如『老鼠剋星』，對了，如果你喜歡，也可以稱呼我做『老鼠的殲滅者』！」

天哪，我幾乎不敢相信自己的眼睛，站在我眼前的，居然是一隻貓！

我渾身上下不由一陣**冷顫**，從頭哆嗦到尾巴。

呃，我只是個普通的傢伙，確切地說只是隻老鼠，一隻膽小的老鼠。

我壯起膽子，小心翼翼地向前跨了一步。

就在我彎腰鞠躬時，聞到一陣刺鼻的

魚腥味兒……

那隻貓舔了舔嘴唇，瞪圓眼睛看着我。

「我……我代表老鼠們，向您致以崇高的問候！」

　　就在那一瞬間，我感覺到，他的眼裏閃出貪吃的欲望！

　　「喵喵，我還從沒見過像你這麼**肥美**的老鼠呢！不過，看在你是仙女國皇后朋友的份上，我不會吃掉你的：以我堂堂貓君子的名義發誓！」

　　説着他湊到我耳邊，低聲説：「我老實和你説吧：其實我更喜歡吃**魚**！我最喜歡吃的東西，就是一盤烤魚！」

　　沒錯，我從他的**鬍鬚**上，聞到了刺鼻的**魚腥味兒***……

　　此刻，我心裏略微放鬆了些，向他説道：

*翻到101頁，你就能聞到腥味啦！

穿靴子的貓

穿靴子的貓
童話國大使

他的本名叫作灰皮，不過，人們常常稱呼他為「會說話的貓」，或「貓中翹楚」，「老鼠剋星」，或者「老鼠的殲滅者」。

他來自童話國，全世界各地童話和神話中的角色，都出自那裏。

作為童話國的大使，灰皮通曉夢想國和全世界的各種語言，因為無論人們來自地球上的哪個角落，或講哪一種語言，大家都喜歡聽童話故事。

按理說，童話國的大使應該為和平多做些事，但灰皮卻喜歡惡作劇，常把朋友們捉弄得嗷嗷直叫，這是灰皮最大的樂趣所在！

灰皮打扮得十分時髦，甚至可以用「高貴」來形容哦：他還是狂熱的靴子收藏者，收藏各種式樣的皮靴！

老鼠是灰皮喜愛的美餐之一。不過看在謝利連摩是仙女國皇后朋友的份上，灰皮破了例：聲稱自己平時只吃魚……

貓食物的腥味！

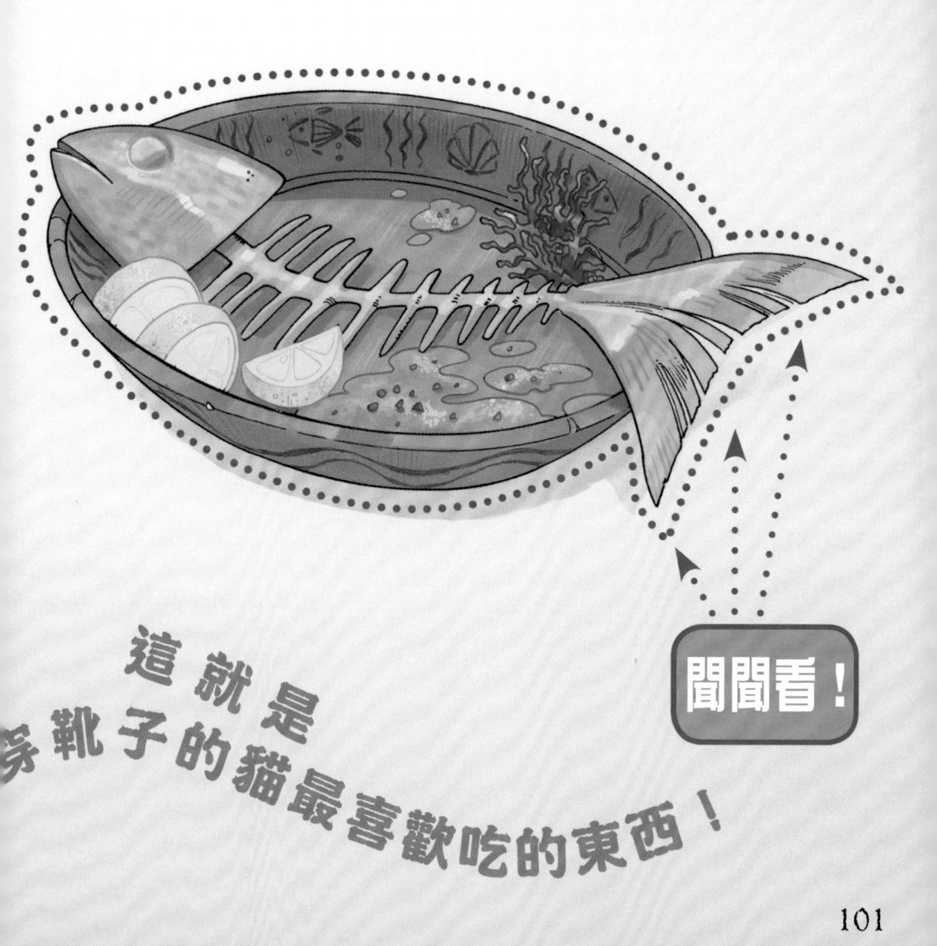

阿齊亞——會說話的船

一把銀鈴般清脆的聲音從**遠處**飄來。

「我也想加入你們的隊伍！」

我循着聲音望去：「誰在說話？」

那聲音又重複道：「是我，會說話的船！我的名字叫阿齊亞。」

我順着聲音看到在矮人國旁的護城河上，行駛着一艘**藍色的木頭船**，那艘船的船身鍍着閃亮的銀邊，船的桅杆上高掛着綢緞做的帆。

那聲音就是從船裏面發出來的：那艘船並沒有嘴巴，卻彷彿樂器一樣能通過振動發聲。

「我，是由會說話的森林裏的藍色神木製成，因此可以說話！我發誓願為仙女國皇后效勞，隨時準備遠航！」

我興奮地奔上前，一把緊握住那艘船的舵。

「歡迎加入夢想國軍團！」

阿齊亞——會說話的船

我們——夢想國軍團

就這樣，夢想國軍團正式成立了！

當晚，在矮人國的集會廣場上，我們舉行了莊嚴的**典禮**：大家鄭重地將右手放在**心上**，莊嚴地宣讀以下誓言。

我們在此宣誓：
我們將互相幫助！

我們站在
窮苦弱小的人民一邊！

我們捍衛
美好和善良
真相和公正！

我們誓將救出
芙勒迪娜
仙女國皇后！

矮人國的國王向我們鄭重說明，夢想國軍團宣誓的誓言，還包含以下幾句話：

「我的心靈未被污染，
我的雙唇只吐出真言，
我的精神與你同在！」

典禮結束後，大家陸續回房間休息了，因為即將在我們面前展開的，是一段漫長而又危險的旅程！

黎明時分，我們穿過清晨的**迷霧**，與等在路邊送行的朋友們逐一告別。

這時，賴嘰嘰將一卷羊皮紙塞進我手裏，上面寫着他為我而作的蛤蟆體詩歌，熱情的他一定要把一串**大蒜頭**套在我的脖子上。

「騎士，這是臨行前我贈給你的禮物，天知道你會不會遇到可怕的吸血鬼？天知道你這次能不能活着回來？但你放心吧，我保證每天在你的**墳墓**上放上鮮花……」

謝利連摩·史提頓之墓

我趕忙打斷他，給了他一個大大的擁抱：「謝謝你的關心，不過你說的事，那可是要等很久很久以後啦！」

夢想國
軍團
出發啦！

冒着香氣的……告別禮物！

我們又一次踏入矮人國國王和皇后的宮殿，和他們作最後的告別。

費莉亞熱心地遞給我一個小包裹：「騎士，請你收下這些矮人國特色的圓形小蛋糕吧，這可是我昨晚親自為你烤的！」

我心裏頓時湧上一股暖流，緊緊握住她那雙温熱的、散發着麪粉香氣*的手。

我四下張望着，打算在臨行前和膿包説聲再見，可卻怎麼也找不到他！這傢伙又躲到哪裏去了？

啊哈：原來他又和往常一樣，換顏色偽裝起來了！

翻過這一頁
找找看膿包躲在哪兒！

*翻到 109 頁，聞一聞上面的香氣！

矮人國
點心的香味！
這就是費莉亞烘烤的
圓形小蛋糕！
聞聞看！

在水面上輕快地滑行，彷彿飛在浪尖上的一隻蝴蝶

我們登上那一艘會説話的船，她靜靜地飄浮在水面上，彷彿像一顆寶石閃閃發亮。

就是這艘船，將帶着我們在波濤間穿行，一直駛進**夢之海**，從那兒，我們將進入**噩夢國**的領土。

穿靴子的貓撓撓腦袋：「咦，這艘船上怎麼一個水手也沒有？誰來掌舵呢？」

銀色帆船阿齊亞有些不高興地答道：「我可不是普通的船，我可以自己航行！」

大巨人不耐煩地催促道：「快呀，那你還等什麼？拎起你的錨，我們快快出發吧！」

阿齊亞抖動着船帆，氣哼哼地尖叫起來：「呀呀呀，你這個人真沒教養，和女士説話要用『請』字，要不，我才不理你呢，明白嗎？」

我趕忙彎下腰：「帆船小姐，現在能否請你提起錨來呢？」

大巨人在一旁嘟囔着：「我可從沒見過哪一艘船，像她這樣**嬌貴**……」

阿齊亞的尖叫聲又在我們耳邊響起來了：「我聽到你說我的壞話了，是嗎？看我不把你掀到水裏去！」

大巨人一聽急忙討饒：「我錯了，我錯了，對不起啊！」

我沒理會身邊的吵吵鬧鬧，眼睛緊緊地盯着船上那自己轉動的**舵輪**，簡直看得入了迷。阿齊亞劈開**浪濤**，在水面上輕快地滑行，彷彿飛在**浪濤尖的**一隻蝴蝶！

而當阿齊亞疲倦地放慢速度時，許多的美人魚、**海豚**和**巨型烏賊**，就團團地圍繞在她周圍，輕輕地拱着她前進。

我常常接連幾小時佇立在甲板上，望着一望無垠的大海和阿齊亞聊天，就這樣我們逐漸熟悉起來，成了**親密的朋友！**

阿齊亞——會說話的船

阿齊亞帆船內部構造
1
2
3
4
5
6

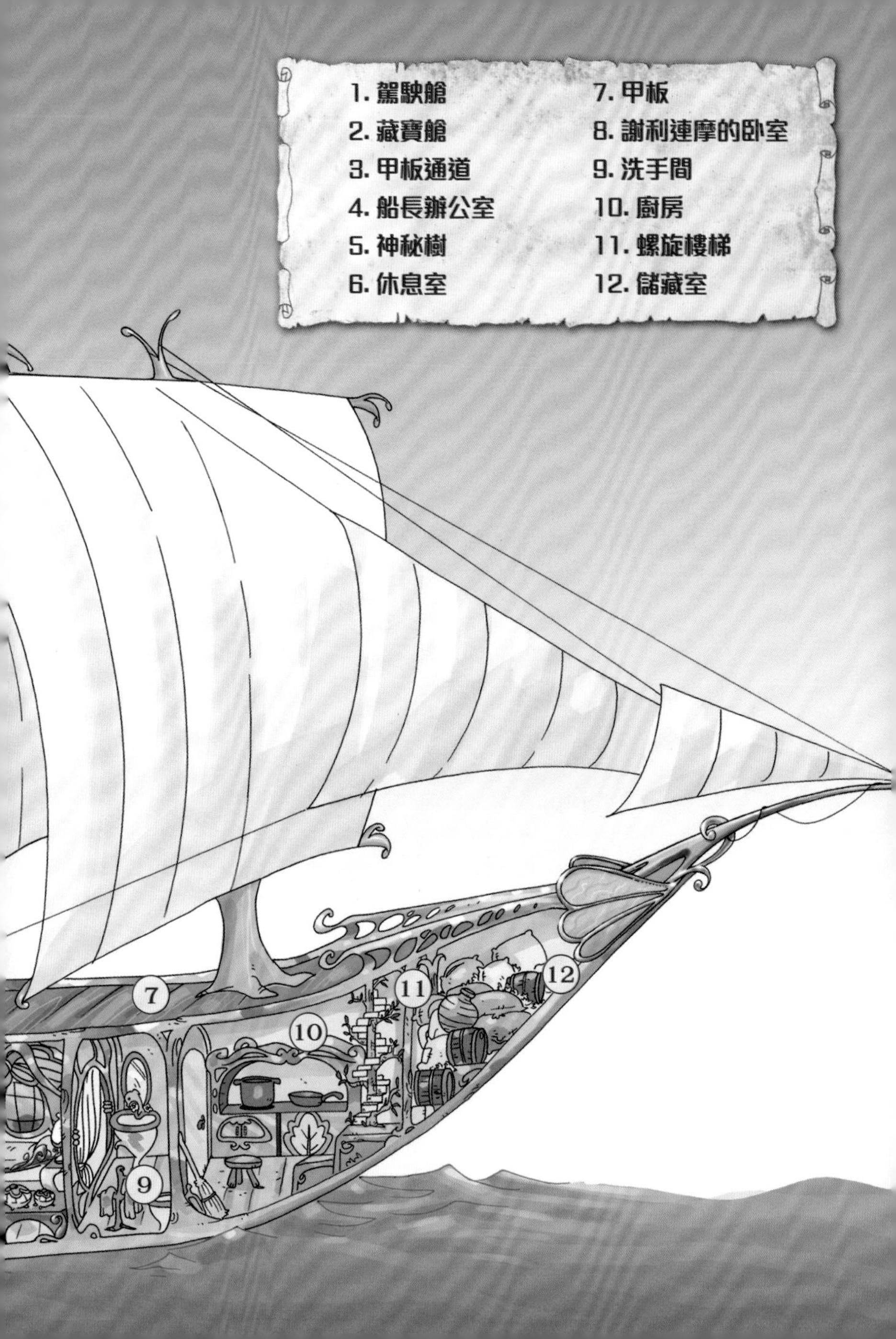
1. 駕駛艙
2. 藏寶艙
3. 甲板通道
4. 船長辦公室
5. 神秘樹
6. 休息室
7. 甲板
8. 謝利連摩的卧室
9. 洗手間
10. 廚房
11. 螺旋樓梯
12. 儲藏室
7
10
11
12
9

如今我更加了解我的帆船朋友了……我喜歡她那散發着清香的原木船體，她那潔白的絲綢風帆，還有船身精美的銀色裝飾。對了，還有船上那一個個可愛優雅的小房間！

一天夜晚，我又登上了甲板，與阿齊亞攀談起來：「親愛的阿齊亞，謝謝你為我們所做的一切！」

可沒想到，阿齊亞居然要謝謝我：「你知道嗎？穿靴子的貓把他的毛掉得滿地都是……大巨人總是轟隆隆地在船上奔上奔下，有好幾次差點讓我失去平衡……愛麗絲練習射箭時，把我的船帆射了個大窟窿……公鹿羅博，常常用他的鹿角抵住甲板，嚓嚓地磨來磨去……只有你最理解我，愛惜我，你是我尊敬的朋友！

阿齊亞接着說：「作為你的朋友，我要贈給你一份禮物，在你遇到危險時它會幫助你！現在，你快些到儲藏室去，在那兒你能找到一個銀色的大箱子！」

我照着她的話去做了，並打開了那個大箱子：裏面整整齊齊地疊着一套閃閃發亮的鎧甲！

我甚至還找到了一枚戒指，那戒指彷彿是用陽光鑄造而成，在我的眼前一閃一閃的發亮，似乎在熱情地邀請我戴上它。

光明之戒

阿齊亞向我解釋道：「你是個正直無畏的騎士，可是，要想救出仙女國皇后，你需要大家更多的協助。現在就戴上這枚光明之戒吧，它會幫助你戰勝女巫**斯蒂亞**，戒指會散發出一輪白色的光暈，這會為你帶來力量！」

我仔細端詳着這枚戒指：只見她上面嵌着塊純淨的水晶。在戒指內側，刻着一句話。

你能讀懂這句夢想語嗎？

試試看，你能翻譯出來嗎？*

可以參考303頁上的夢想語詞典哦！

巨人們鑄造的戒身

巨人們熔煉了他們的財寶，用來提煉鑄造光明之戒的戒身。

仙女們的水晶

戒身上鑲嵌的，是一
產自仙女國洞穴中的
度極高的水晶。

夢想國的文字

在光明之戒的內側，
夢想語刻着的一句話
「僅為和平而生」。

光明之戒

很久很久以前，在夢想國曾經流傳着幾枚無比珍貴的戒指，那就是光明之戒！

它們在時間的長河裏被鑄造出來，再鑲上從仙女國岩洞中發掘出來的水晶，它們是和平、和諧與團結的象徵。

許多王國都參與了光明之戒的鑄造過程。巨人們熔煉出珍貴的金屬，作為戒身；巨龍們將戒指含在嘴中，賜給它熱量；精靈們用巧手打磨戒指；矮人們靈巧地在戒身內側刻字；仙女們則捐出極為純淨的水晶，鑲在戒身上……

當幾枚戒指煉造完成後，每個王國各留有一枚，大家發誓將守護它，絕不讓它落入邪惡力量手中。

可是時光流逝，許多年過去了，各王國的光明之戒有的被偷走，有的落入了惡勢力的手中……個別擁有戒指的惡勢力，利用它的巨大力量來造成災難，完全打破了它們維護和平的初衷，使它們變成了製造戰爭的武器！

騎士訓練課

我喃喃地讀着戒指內側的字：「*僅為和平而生*」，將戒指輕輕地套進手指。

戒指剛戴在我手上，愛麗絲就旋風般出現在我的面前，向我深深鞠了一躬。

「騎士，現在你是光明之戒的守護者之一了。我已經感受到戒指召喚的力量，我願前來助你一臂之力。首先，我要教會你一個秘密武器，那就是……

馴服巨龍的技巧！」

我們站在甲板上，愛麗絲吹起了長笛。沒多久，彩虹巨龍和愛麗絲的坐騎「火花」就從天空中飛降下來。他們興奮地吐着舌頭，愛麗絲將鞍子套在他們身上。我疑惑地問：「現在就開始嗎？」

愛麗絲翻閱着手中的硬皮書，一板一眼地當起小老師來：**「第一課：如何照顧你的巨龍！」**

一連幾個小時，我都在乖乖地重複學習如何照顧巨龍。第一課學完後，愛麗絲又翻開書，高聲宣布道：**「第二課：空中搏擊！」**

我使出渾身解數，開始學習如何起飛！

我又使出渾身力氣，開始學習如何下降！

我還要學習如何表演空中雜技！

還有那無數個空中搏擊的技巧！

現在，就給你們看看愛麗絲的馴龍教程吧……

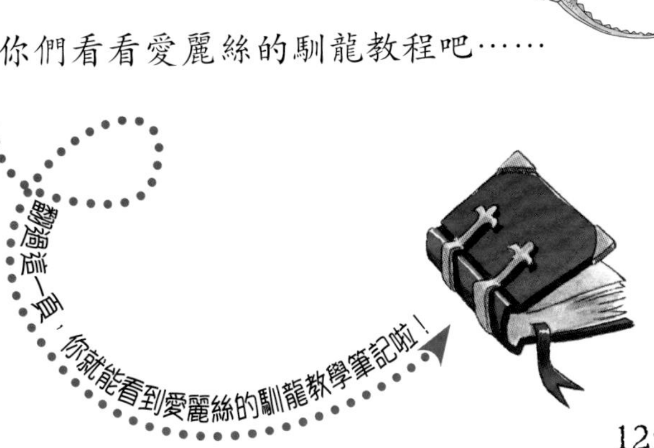

翻過這一頁，你就能看到愛麗絲的馴龍教學筆記啦！

馴龍教學筆記

你想成為優秀的馴龍者嗎？下面這些簡短的課程，可以讓你掌握照顧巨龍的技巧，以及一些看似不起眼卻不可缺少的注意事項。

第一課

如何照顧你的巨龍！

給龍套上鞍

這個過程看似簡單，但要小心……

你們要記住，一定要緊緊抓住龍的鱗片，不然就準備跌到地上，摔個鼻青臉腫吧……

還有，一定要在巨龍還來不及反應時，乾脆利落地將鞍子套在他們身上。因為巨龍們的耐心有限，應該說十分有限哦！

給巨龍刷牙

注意：巨龍們如果得了蛀牙，就會變得脾氣暴躁！

給巨龍補充營養

每隻巨龍都需要不同的營養膳食，它們喜歡豐富的配菜，最重要的：每道菜都要放辣椒！

給巨龍清理便便

一個優秀的馴龍者，也要負責清理巨龍的便便哦！

給巨龍修指甲

記住，要時常為巨龍修挫指甲哦！讓他們搏擊時更有自信。

注意事項！

記住，千萬不要從巨龍的背後偷偷經過！

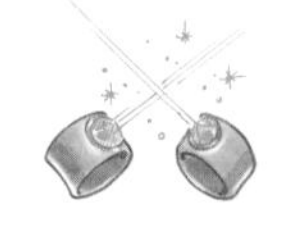

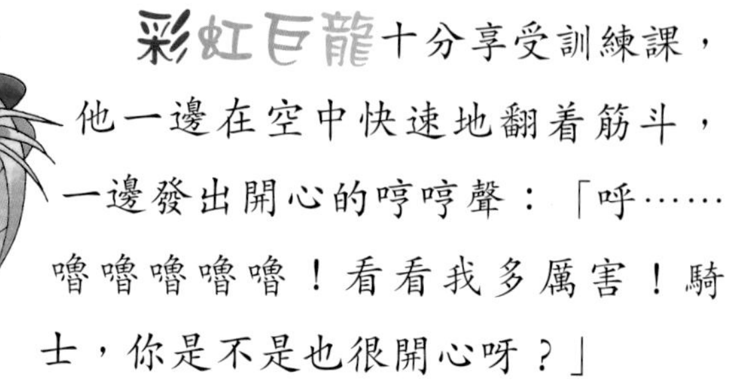

彩虹巨龍十分享受訓練課，他一邊在空中快速地翻着筋斗，一邊發出開心的哼哼聲：「呼……嚕嚕嚕嚕嚕！看看我多厲害！騎士，你是不是也很開心呀？」

我簡直連一點回答他的力氣都沒了：因為我的鬍子都嚇得快掀掉了！我的胃裏像翻江倒海，一陣陣的難受！最後，玩夠了的彩虹巨龍總算着陸了。①

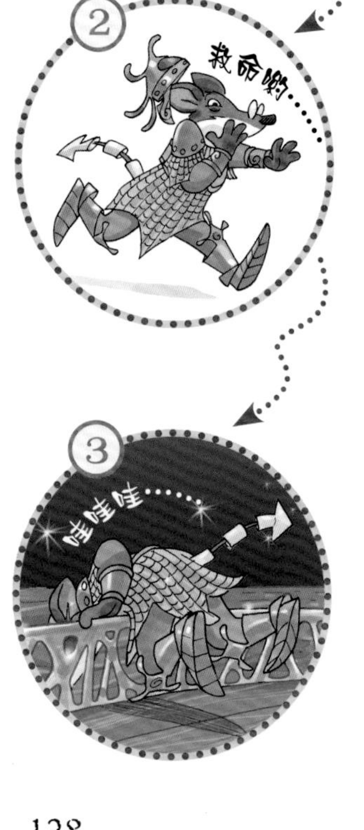

我搖搖晃晃地從他身上爬下來，深一腳淺一腳地向船的欄杆處移去：哎喲喲，我的頭簡直暈死啦！②

還有我的胃……就像是隻縮水的襪子一樣，抽個不停！

我一把抓住船欄杆，探出身子，狂吐起來……

我的命好苦呀！③

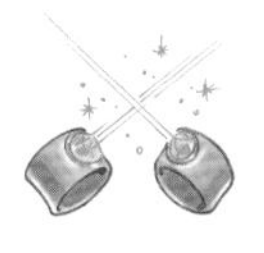

我暗自期盼**訓練課**趕快到此結束，誰料到，愛麗絲又再一次翻開書本：

「騎士，準備好了嗎？現在我們上**第三課：如何使用光明之戒！這可是難度最高的技巧哦！**」

我可憐巴巴地望着她：「算了吧，我都快不行了！」

但愛麗絲卻不依不饒，堅決地說：「快快快，別找藉口，騎士！別忘了，現在芙勒迪娜正深陷險境呢！」

就在這時，公鹿**羅博**神閒氣定地踏着步子，出現在我面前。

他凝視着我的**雙眼**：「騎士，你真的準備好要成為光明之戒的守護者嗎？」

我全身哆嗦起來：天知道我還要經歷多少辛苦？天知道我還要學習多少東西？

可這時，芙勒迪娜的面龐浮現在我的腦海裏，我忙嚥嚥口水，慌忙地說：「沒……沒錯！我準……準備好了！」

羅博對我說：「愛麗絲要教你使用光明之戒的各種技巧，在這之前，你必須先讓戒指放射出光芒！」

「但我該怎麼做呢？我需要念什麼咒語嗎？或者需要按什麼機關嗎？」

「哦，當然不，沒那麼簡單！你需要清空你腦中的雜念，集中全部精神，驅逐你內心的恐懼和疑慮……想想那些美好閃光的回憶片段，這樣你的心就會平和下來。你就會擁有自信！」

「可……可我做不到呀！」

「現在，你單獨待一會兒。試着從你內心深處找到信念吧。別擔心：你一定能夠讓戒指放射出光芒的！」

我開始獨自練習起來。

我白天也練，晚上也練！

終於，在一天夜晚……

戒指上，漸漸地發出一束潔白的光芒！我的心裏頓時被喜悅填得滿滿的，頃刻間充滿了希望！

雖然，我還要跟愛麗絲學習各種戰鬥技巧，但……

不知怎的，我的內心湧起一股自信：我一定會救出芙勒迪娜！

我充滿豪情地對天發誓：

「勝利一定會屬於正義一方！」

進入可怕的噩夢國

歡迎來到……可怕的噩夢國！

在接下來的旅程中，愛麗絲都在向我傳授利用戒指戰鬥的技巧。不知不覺，我們頭頂的天空變得**煙雲密布**，空氣灼熱得令我難以呼吸……我們的鬥志，好像受到了干擾，也變得越來越低沉！

這些文字組合在一起的是什麼圖案？

在海上航行的第七天黎明，我們抵達了夢醒灣，我們從那裏上岸，從此處踏入了噩夢國的疆土。

哆哆哆！

天空開始下起暴雨，緊接着是閃電和雷鳴。咕嘰嘰，**噩夢國**總是這樣的壞天氣！

許多年以前，那時的噩夢國還叫做美夢國，它是一塊樂土，由一位賢明的國王治理着這個國家。

可是，女巫國皇后斯蒂亞卻用巫術迷惑了賢明的國王，將他的心變得冷漠自私、麻木不仁。從那時起，這個國家逐漸失去了往日的輝煌……

噩夢國的國王名叫鐵石心，也被稱為「冷酷魔王」，他是斯蒂亞同父異母的哥哥。人們也稱他為「恐懼的主宰者」，以及「戴石頭面具的人」。

噩夢國並沒有皇后，鐵石心被稱為「冷酷魔王」，從未陷入愛河，因為，他擔心愛情會讓他的心靈解凍。他住在一個火山地下的岩洞裏，在那裏他建造了一所龐大的監獄，這個岩洞的名字叫做「歎息井」。

斯蒂亞運用花言巧語，欺騙鐵石心戴上一個具有魔法的石頭面具，並聲稱只有他從不露出真面目，他的王國才可以得到永生！

這個邪惡的石頭面具，每一天都吸吮着鐵石心的靈魂，讓他變得更加冷酷無情……

噩夢國旅行路線
阿齊亞的航程
吐
夢醒灣
哆嗦沙灘
頭暈橋
怪獸峯
冒煙火山
恐懼淵
伙伴們將在
集合！
即將踏上的路程
經過的海路
回程路線
這裏有伙伴離隊
約定集合地點

王權寶座
噩夢火山
冰與火沙漠
荊棘林
幽靈湖
竊竊私語林
驚恐湖
水沼澤
蒼白濕湖
河流拐彎谷
舊夢堡
森林
迷失河

伙伴應互相理解！

我們拜託阿齊亞停泊在哆嗦沙灘*旁，然後我們爬上沙灘，架起帳篷，打算在這兒休整一夜。伙伴們點起了熊熊的**篝火**……

我從口袋裏掏出矮人國皇后做的小蛋糕。哇呀，好濃郁的香味呀！但大巨人和穿靴子的貓一點兒興趣也沒有。大巨人不知從哪兒摸出來一串洋蔥頭，津津有味地嚼起來；貓咪則幾口就把帶着腥味的魚吞下肚……多可怕的味道呀！

我一陣**反胃**……

我剛從懷裏掏出**銀色指南針**，打算確認芙勒迪娜所在的方向，大巨人的吼聲如響雷般在我耳邊炸開來。他正氣呼呼地盯着自己的帽子。

*見136-137頁的旅行路線圖。

「是誰幹的好事？誰在我的帽子裏撒尿了？

是誰？是誰？到底是誰？」

大巨人生氣地喊道：「我就知道是你，你這隻鬼鬼祟祟的貓！這次你實在太過分啦：看我不把你的毛皮翻過來！這是我的帽子，不是你的尿壺！」

穿靴子的貓，被嚇得噌噌幾下便爬到一顆大橡樹上，劈里啪啦地朝大巨人的腦袋上丟橡果。

「就憑你這笨腦袋，還想抓住我？
就憑你這個大塊頭，烏龜都比你靈活！
是我做的又怎樣？好漢做事好漢當！」

大巨人氣得都快爆炸了：「你有膽子再說一遍？你這隻傲慢無禮渾身魚腥味的大臉貓！」

貓咪氣得直跳腳：「你說什麼？你分明就是嫉妒我的英俊容貌！你這個渾身洋蔥味的傻大個子！」

我急得跺起腳來，想阻

止他們沒完沒了的爭吵。

「快住手，住手！」我大聲喊道。

可是他們兩個爭得臉紅耳赤，仍然**吵個不停**。

這時，公鹿羅博邁着大步走到他倆身旁，冷冷地吐出兩個字：「夠了！」

這聲音嚴肅而具有權威性，把大巨人和貓咪一下子鎮住了。

羅博一字一頓地說：「你們應該感到**害羞！**我們臨行前曾發過誓言：大家要互相幫助！因為我們是一個團隊，有一個共同的使命要完成！伙伴間難道不能互相理解嗎？」

大巨人的臉脹得**發紫**，他羞愧地搓着手：「我不該發那麼大的脾氣，希望大家原諒我。」

穿靴子的貓也後悔了，小聲地嘟囔：「呃，對不起呀，大巨人，我們和好行嗎？我這個玩笑開得過了頭，以後一定注意。以我堂堂貓君子的名義發誓！」

我們和好吧！

如果可以，我們當然希望和每個人都相處愉快，不過這可不容易。有時候即使和最親近的朋友，我們也會爆發爭吵……那就試着從對方的角度考慮一下問題，我們就不難理解對方了！如果是自己的錯，一定要勇於承認錯誤哦！

再會，會説話的船！

第二天黎明，我們整理行裝，準備起程。我們依依不捨地和阿齊亞告別。*

「我真想和你們一起去，嗚嗚，可我不會走路……」阿齊亞失望地說：「請把這顆珍珠帶給仙女國皇后吧，並轉告她：會説話的船阿齊亞和大家同在，我也是夢想國軍團的一份子！」

「我很抱歉不得不留下你，親愛的朋友。我們一定會救出芙勒迪娜，並將你的禮物交給她。火花和彩虹巨龍會留下來，保護你的安全……你要多保重：因為你還要送我們回家哦！」

阿齊亞回答：「放心吧，包在我身上！」

*見136-137頁的旅行路線圖。

再會，大巨人！

走啊走，我感覺走了幾個世紀那麼漫長。

在如此**黑暗**的國度裏跋涉，可真是件**苦差事**！因為，我們很可能隨時會遇到吃人不眨眼的食肉魔。

不知過了多久，我們抵達了恐懼淵*。要想跨過又深又寬的深淵，我們必須要通過橫在當中的吊橋。但吊橋又怎能禁得起大巨人如此**龐大**的身軀呢？大巨人邁開大步，試圖一步跨過深淵，卻不小心**摔倒**了。這下不得了，大巨人的一隻腳，卡在懸崖的裂縫裏拔不出來啦！他使勁地往外拽呀，拽呀，穿靴子的貓在旁邊大呼小叫地嚷嚷着：「*大塊頭，快把你的大皮靴拔出來呀！*」

大巨人無奈地嘟囔着：「等等，先別急着說拔，我的靴子被死死卡在裂縫裏了！」

我們幾個伙伴使出渾身力氣，一起拽他的腿；慢

*見 136-137 頁的旅行路線圖。

慢地大巨人的一隻腳拔出來了……可他的靴子卻永遠留在岩縫裏啦！

大巨人重新和我們踏上了旅途，可他的那隻赤腳踩在尖利的石頭上，沒過多久就**受傷**了。就這樣，他的腳步越來越慢，可他一聲不吭，獨自忍受着痛苦。

我們快要抵達冒煙火山*了，只見濃密的煙雲從火山頂噴發出來，嗆得我們直流眼淚……

我終於反應過來：天空中瀰漫的那些黑色煙雲，就是從那座火山頂部冒出來的。正是這些濃密的煙雲遮住了**夢想國**的藍天，形成了厚厚的障礙，阻擋着陽光灑向地面。怪不得，現在的夢想國變得這樣寒冷，原來是嚴冬統治着這裏的一切！

大巨人也明白了，他氣憤地說：「再也不能這樣下去了！這裏又**冷**又**嗆人**！讓我來熄滅這座火山，包在我身上！威武的大巨人就是我！」

穿靴子的貓做了一個不以為然的鬼臉：「我……我……我，你以為你自己是誰啊？現在你少了一隻鞋，還能怎麼辦呢，傻大個？」

我打斷貓咪的話：「大家安靜！你們可別忘了：我們的首要任務，是要跟隨**指南針**的方

*見 136-137 頁的旅行路線圖。

向，找到芙勒迪娜呀！」

大巨人的臉色慢慢暗淡下來：「朋友們，貓咪說得沒錯！我這隻受傷的腳，已經拖累了大家的步伐，你們走吧，不用管我了！」

我們試圖勸說大巨人繼續同我們一起走，可他搖了搖頭，然後從手上摘下戒指，遞給我說：

「請把這枚戒指交給仙女國皇后，並告訴她：大巨人也希望能救出她，大巨人也是夢想國軍團的一份子！」

我望着這枚比我的腦袋還大的戒指，吞吞吐吐地說：「呃，你能不能給我一個……不要這麼沉重的紀念品呢？

大巨人從帽子上拔下一根羽毛，我仔細地將它捲起來，小心地放進背包裏。

我緊緊地抱住大巨人：「我很抱歉不得不留下你，親愛的朋友。我們一定會救出芙勒迪娜，並將你的禮物交給她。我們回頭在冒煙火山見！」

再會，穿靴子的貓！

我們踏上了沒有**大巨人**的旅途。

我是多麼捨不得我的**巨人朋友**呀！

我驚訝地發現，就連一直和大巨人拌嘴的貓咪，也變得悶悶不樂。因為離開了大巨人，他連打趣的對象也沒有啦！

每走一段路，穿靴子的貓就**仰天長歎**：「喵，好無聊呀，要是大巨人在就好了，我又可以捉弄他啦……」

我們走呀走呀，來到了臭味森林*的邊緣，一大羣**蒼蠅**圍繞在森林上空，嗡嗡作響……

進入森林沒多久，一條湍急的河流——迷失河，橫跨在我們面前。

＊見 136-137 頁的旅行路線圖。

迷失河浪濤洶湧，河中央還布滿了急流和漩渦。只有水性好的旅人，才有可能游泳過河！

我向伙伴們宣布：「很遺憾，這一帶沒有橋，看來我們只好自己游過去啦！」

穿靴子的貓臉一下變得煞白：「游泳泳泳？難道讓我堂堂貓君子跳進可怕的漩渦裏？難道要我淋濕一身光亮的毛皮？絕對不行行行，我什麼都可以做……就是不會游泳，因為我們貓咪天生害怕水！」

穿靴子的貓悲傷地宣布：「騎士，請你原諒我，我實在沒辦法再向前進了。」

貓咪望着天空，若有所思地搔着腦袋：「大塊頭不在這裏，好可惜呀！如果他在，一定可以輕輕鬆鬆把我放在他肩上，帶着我一起淌過河流！我以前從沒意識到：原來隊伍裏的每個伙伴，都非常重要呢……」

穿靴子的貓拔下一根**鬍鬚**，將它裝進一個小盒裏。

「請將我貓君子的這根鬍鬚帶給仙女國皇后，並轉告她：我穿靴子的貓也希望能救出她，我也是**夢想國軍團**的一份子！」

我安慰他說：「我很抱歉不得不留下你，親愛的朋友。我們一定會救出芙勒迪娜，並將你的禮物交給她。我們回頭在冒煙火山見！」

貓咪的鬍鬚

再會，銀龍國公主！

現在，我們的隊伍只剩下三個了：公鹿羅博、愛麗絲，還有我——傳說中**正直無畏的騎士**……

但事實上，我的心裏好害怕，真的好好好害怕！

我們迎着呼號的寒風前進，爬過充滿危機泥濘的沼澤，其中經歷的艱難，要比考試不及格還要**悲傷**，比做噩夢還要**恐怖**，比耶誕節後老鼠的空冰箱還要**絕望**！

眼看着我們馬上就要走出口水沼澤*了，突然，一條獨眼**巨蟒**從我身邊的泥水中竄出來，那巨蟒張開血盆大口，露出刀鋒般尖利的**牙齒**，惡狠狠地朝我盤旋而來。**我的天哪！**

那怪物發出可怕的嘶嘶聲，直奔我而來，在它身後留下一道散發着腐爛氣味的**黏液**……

*見 136-137 頁的旅行路線圖。

巨蟒散發的腐爛氣味！

聞聞看！

這就是巨蟒留下的

噁心黏液！

那條蟒蛇盤在路中央，攔住了我們的去路。看來我們伙伴中的一個必須留下來，想辦法拖住他，好讓其他人過去！可誰來擔任這個任務呢？**是誰？是誰？？到底是誰？？**

此時，愛麗絲主動站出來：「騎士，交給我吧，讓我來對付這個**兇猛的怪獸**！」

她從背包裏摸出了銀色長笛，遞給我。

「請將我的這根長笛帶給仙女國皇后，並轉告她：我愛麗絲也希望能救出她，我也是**夢想國軍團**的一份子！」

她用眼神向我們道別。

接着，愛麗絲毅然抽出了**寶劍**。

我感動地喊道：「我很抱歉不得不留下你，親愛的朋友。我們一定會救出芙勒迪娜，並將你的禮物交給她。我們回頭在冒煙火山見！」

再會，公鹿羅博！

現在，只剩下我和羅博兩個了。

只憑我們兩個，怎麼才能救出芙勒迪娜呀？

幸好**羅博**還和我在一起！

我們拖着沉重的步伐，穿過竊竊私語林*，進入了地圖上標明的「荊棘林」*。

我暗自尋思着：「*天知道這裏為何叫這個名字？*」

然而沒走幾步，我就徹底明白了。

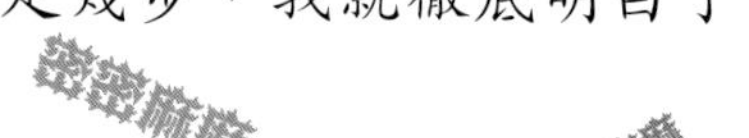

這裏到處都是**密密麻麻**的荊棘！

密密麻麻

我們向叢林深處走去，身旁的荊棘變得越來越**尖銳！**

可憐的公鹿羅博，他那又長又大的鹿角，每走一步，都要被荊棘纏住，他的腳步越來越慢了……

*見136-137頁的旅行路線圖。

越來越慢，越來越慢，越來越慢……

最後，羅博不得不停下腳步：「請你原諒我，可我**必須**離開你了！我已經跟不上你的步伐！」

我請求他：「哦不，朋友，不要連你也離開我！我會一直在你身邊！來，嘗嘗這塊小蛋糕：它很有營養，一定能幫助你恢復**體力**的！」

我決定用光明之戒，來砍掉糾纏我們的荊棘，在叢林中**劈開**一條路。

儘管我每次使用戒指，十分耗費體力，可為了

羅博，我無怨無悔……

就這樣我們踉踉蹌蹌地繼續前進，直到羅博被迫再一次停下來，大口大口地喘着粗氣。

「謝謝你為我做的一切，騎士，可現在你必須獨自往前走了：我已經大大拖累了你的速度，而芙勒迪娜正急需救援！」

羅博摘下自己脖子上的吊墜，銜給我。

「請將我的這枚吊墜帶給仙女國皇后，並轉告她：我羅博也希望能救出她，我也是夢想國軍團的一份子！」

我滿含熱淚和他道別：「我很抱歉不得不留下你，親愛的朋友。我會救出芙勒迪娜，並將你的禮物交給她。我們回頭在冒煙火山見！」

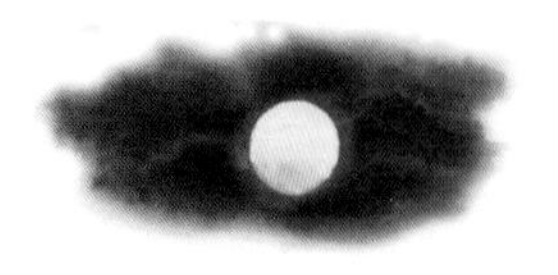

在廣闊淒冷的冰原上，孤零零一個……

映着清冷的月光，我發現自己孤零零一個一個一個……

我真的好累好累好累……

我已經很、非常、太累啦！

一路奔波使我非常勞累，讓我一陣陣頭暈眼花。又或許是一種無助的孤獨感，壓垮了我的神經？

我再也忍不住了，捂住臉嗚嗚地哭了起來。

天氣是如此寒冷，以至於我的淚水剛剛從眼眶裏流出來，就凝結成了冰，像冰珠似的一顆顆墜落到地上，發出乾澀的聲音……此刻的我又冷又餓！

我哆哆嗦嗦不住地在背包裏翻尋，最後，摸出來

*見136-137頁的旅行路線圖。

我們並不孤單！

當你情緒低落，或遇到困難時，你會覺得自己很孤獨。

可事實並非如此！

在你心裏，仔細回想一下……

那些關心你的人，他們從未離開過你！

僅有的一塊圓形蛋糕。那塊蛋糕散發着甜甜的**香草味兒**，激起了我的食欲……

多**好吃**的蛋糕呀！

淚眼朦朧中，我的眼前，浮現出費莉亞和她那雙溫暖而帶着麪粉香氣的手。一股勇氣又重新注滿我身上。

我從懷裏掏出**銀色指南針**，再一次確認芙勒迪娜所在的方向！

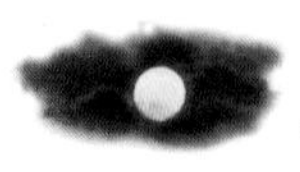

指南針指向正**北方**，那正是噩夢火山的方向！

就在這時，一團**羊皮卷**從背包裏滑出來：這不是賴嘰嘰臨別時送給我的詩嗎？

朋友是什麼？

在你失落時，
他幫你打氣。
在你流淚時，
他為你擦乾鼻涕。
與你分享每個
快樂和悲傷，
心裏永遠留下
你的痕跡。
呱呱，我要告訴你：
誰尋到一個知音，
就像尋到了千金。
我還要帶給你
一個好消息……
你身邊有個知音，
就是我賴嘰嘰！

我攤開紙卷，逐句地讀起來：賴嘰嘰那**可愛又好笑**的詩句，很快感染了我，大大溫暖了我的心。

我抬起頭遙望北方，就着清冷的月光，噩夢火山灰濛濛的輪廓**映現**在我面前，一團烏雲籠罩着山頂。

咕嘰嘰，
我該如何
攀上高山呢？

潛入
噩夢國的皇宮！

在這片
廣闊無垠的冰與火沙漠裏，
我感覺自己非常渺小！

冰與火沙漠

我跋涉了很久，很久很久很久。

我的四周漆黑一片！憑着最後一點力氣，我咬着牙向噩夢火山的頂峯攀去。

我的腳爪凍得發麻，在冰上直打滑。我呼出的氣凍成了小冰柱，凝在鬍鬚上。

我每向前爬一步，就要倒滑回去三步，有一瞬間（真的只有一瞬間），我覺得自己再也撐不住了……

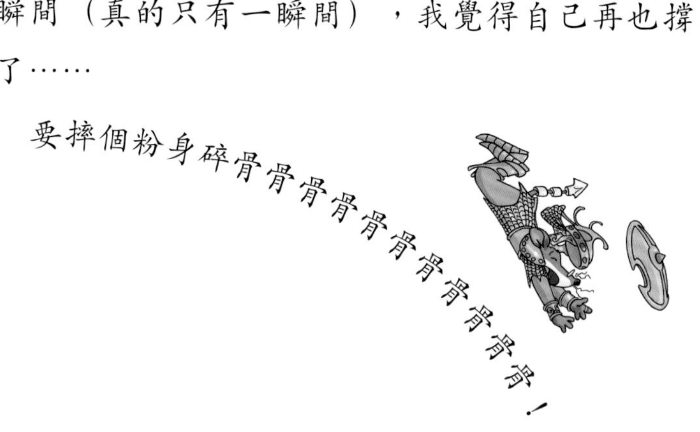

要摔個粉身碎骨骨骨骨骨骨骨骨骨骨骨！

在這生死關頭的時刻，我用手死死抓住了岩石，我一定要活下去，因為現在只有我才能救出芙勒迪娜。

想到我們深厚的友情，我終於硬挺了過來。我使出全力，縱身一躍，攀上了火山頂！

我累得大口大口地喘氣，心撲通通地亂跳。好不容易回過神來，我往遠方眺望……

在我的腳下，就是廣袤荒涼的冰與火沙漠！

皚皚白雪覆蓋了大地，然而，一叢叢的火山岩漿從地縫裏湧出來，直到地平線，一眼望不到邊，火焰伴着煙雲從大地上噴發而出。

開往噩夢的電梯

我站在山頂，東瞅瞅，西望望，原來山頂上的地勢較**平坦**，地上蓋着厚厚的一層**積雪**，就像一塊大蛋糕上塗着的一層白色糖霜。

在山頂正中央，孤零零地聳立着一個高靠背的**石頭寶座**。

我自言自語地說：「我該怎麼進入**噩夢國皇**

宮呢？噩夢國皇宮的入口究竟在哪裏呢？」

苦命的我呀，一路爬上來，累得氣都喘不上來了。

我一屁股坐在寶座上，打算休息片刻。

好奇怪呀！

石頭寶座上，散發着微微的熱度，那熱度似乎來源於火山內部！

還沒等我反應過來，那寶座便開始緩慢地上下震動，接着，竟然嗡嗡地向下開動起來，載着我一直向神秘的火山內部駛去！

我感覺自己……

似乎搭上了一座……

開往噩夢的電梯！

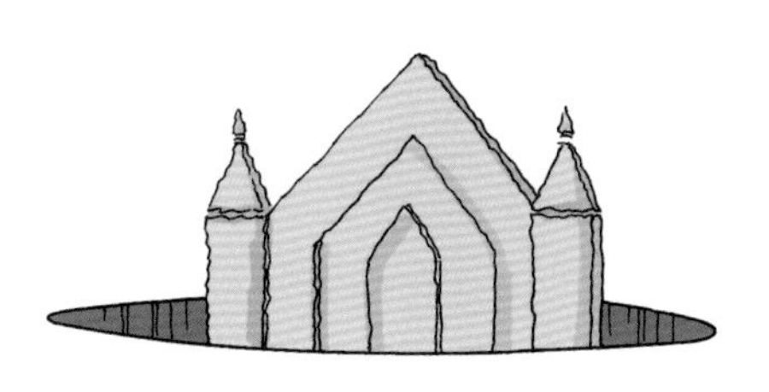

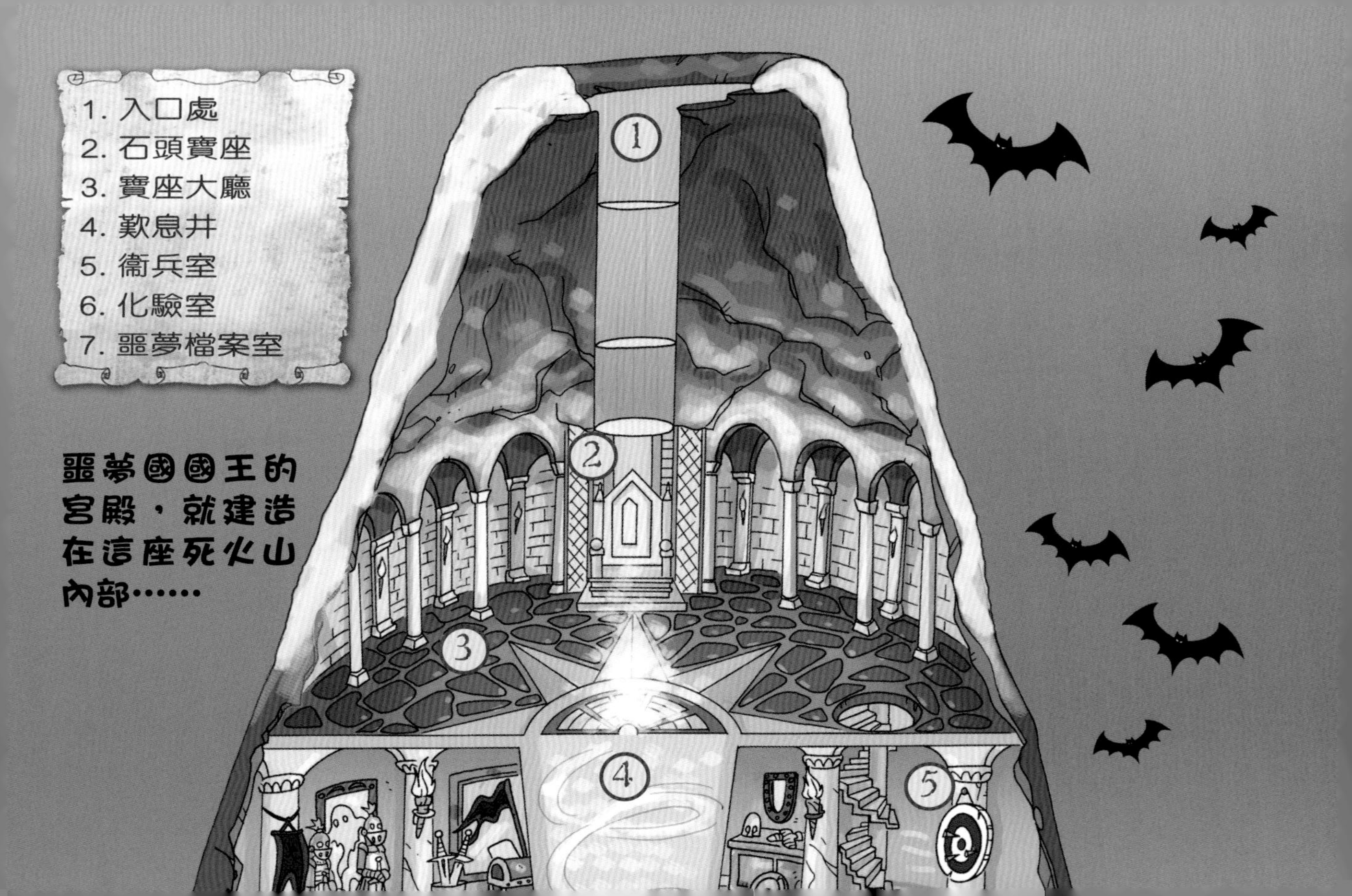
1. 入口處
2. 石頭寶座
3. 寶座大廳
4. 歎息井
5. 衛兵室
6. 化驗室
7. 噩夢檔案室
噩夢國國王的宮殿，就建造在這座死火山內部……
1
2
3
4
5

⑥
⑦
噩夢國國王的宮殿！

深深的歎息井

石頭寶座載着我飛速下沉，穿過幽暗漫長的地下隧道，終於轟地一聲，停在一個用石頭堆砌的圓形大廳中央。

我全身哆嗦着從寶座上爬下來，瞪大眼睛打量着四周。

一切都是**石頭**鑿的：牆壁呀，地板呀，甚至天花板。

嘩！這裏好熱啊！

我簡直就像掉進了一個火爐！

我用爪輕輕地摸了摸四周的牆壁：牆壁有些發燙。

我轉念一想，對呀，我現在身處火山內部，怪不得這麼熱喲！

我的身後立着寶座，一口狹窄的小窗嵌在我面前的牆壁上，周圍用碎石子圍成**一圈**。

在大廳的正中，有一口井，上面布滿宛如

試試看，你能翻譯出來嗎？

可以參考303頁上的夢想語詞典哦！

蜘蛛網般的鐵柵欄。

我高聲朗讀井邊緣刻着的字：

歎息井

這所房間裏瀰漫着一種詭異的感覺，讓我感受到強大的壓迫感。彷彿有一把小錘子，在我心上敲打，讓我喘不過氣來。我恍惚聞到微弱的玫瑰香氣，讓我想起了仙女國皇后。

一陣飄渺的歌聲傳到我耳邊。

那歌聲，正來自於大廳正中央！

我慢慢走近大廳正中心，玫瑰的香氣變得更加濃鬱了。

我狐疑地彎下身子，趴在井旁……

現在，我聞到一股強烈的玫瑰香氣！

從井口仔細地望下去，下面漆黑一片。但在一片黑暗深處……深處……

隱隱約約地閃爍着微弱的淡藍色光圈！

一陣悅耳的歌聲飄進我的耳朵……

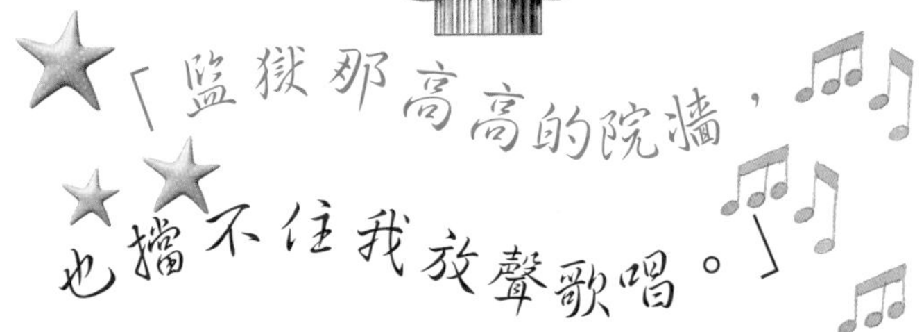
「監獄那高高的院牆，
也擋不住我放聲歌唱。」

我激動地大喊起來：「芙勒迪娜娜娜娜娜娜！」

我又馬上警覺起來，趕緊捂上嘴。剛才自己實在是太冒失了：說不定黑暗中已經有誰聽到了我的叫聲？？？

芙勒迪娜娜娜娜娜娜！

喔喲！

☆

我想拉起柵欄井蓋，我拉呀，再拉呀……

我將嘴巴湊到井口，低聲問道：「皇后！你還好嗎？」

一把柔和的聲音傳出：「是誰出現在我的**監獄**門前？」

我小聲報出自己的名字：「我是史提頓，***謝利連摩·史提頓！***」

「騎士，真的是你嗎？」

「沒錯，皇后！多虧了一路上伙伴們的相助，我總算找到你了！伙伴們託付我帶給你他們的一片心意，象徵他們對你的忠誠！」

我使出全身的力氣，想把鐵柵欄井蓋拉起來。

可是那柵欄又大又重！

我咬緊牙關，使出九牛二虎之力，拉呀再拉呀，拉呀再拉呀，拉呀再拉呀，拉呀再拉呀，拉呀再拉呀，拉呀再拉呀，拉呀再拉呀，拉呀再拉呀，拉呀再拉呀，拉呀再拉呀，

拉呀再拉呀，拉呀再拉呀，拉呀再拉呀，拉呀再拉呀，拉呀再拉呀，

拉呀再拉呀，拉呀再拉呀……

那井蓋卻連一毫米都沒有被拉開！

突然，一連串**重重的腳步聲**，向這邊傳來。

井下的芙勒迪娜急忙叮囑我：「快，快***躲起來***，千萬別為了我**暴露**自己！」

我一閃身，躲在一根柱子後面。

來的會是誰呢？

誰？誰？？誰？？？

來的會是誰呢？

砰砰
砰砰
砰砰
砰砰
砰砰
砰砰
砰砰
砰砰
砰砰

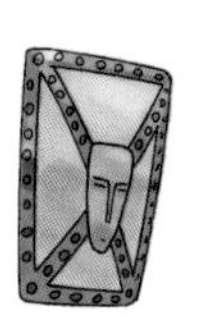

石頭面具軍隊

一隊戴着**石頭面具**的騎士，氣勢洶洶地闖了過來，他們徑直走到歎息井邊。

為首的頭領向井內張望着：「哼哼，仙女國皇后仍然是我們的階下囚，看來到現在一切都很正常！」

石頭騎士們用長矛重重地擊打着盾牌，發出震耳欲聾的鏗鏘聲。

石頭面具首領高聲地喝道：「偉大的噩夢國國王，石頭面具的領袖——**鐵石心**萬歲！」

其他的面具騎士紛紛用長矛擊打盾牌，有節奏地回應着。

砰砰 砰砰 砰砰

砰砰 砰砰 砰砰

砰砰 砰砰 砰砰

「多虧了他的無情，我們才能無所不能，多虧了他的冷酷，我們才能佔領夢想國國國國國國國國！」

所有的面具騎士齊刷刷地用長矛敲擊着地面，發出**可怕的**聲音：**砰砰！！！**

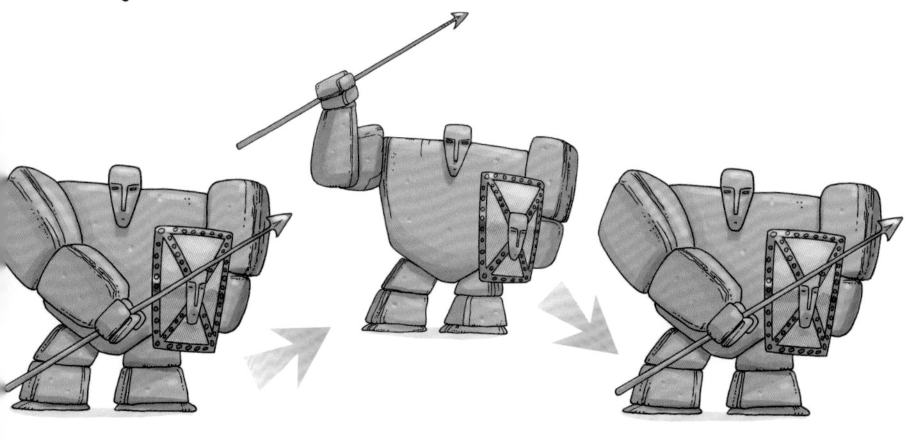

緊接着，所有的**石頭面具**又踏着整齊劃一的步子，很快離開了大廳。

我豎起耳朵仔細聽，直到他們轟鳴的腳步聲漸漸遠去，才溜出來，我擦了擦渾身冒出的冷汗：真是好險哪！

我趕緊快步奔向歎息井，又開始用力往上拉井蓋，可沒一會兒，又響起另**一串腳步聲……**

以一千塊莫澤雷勒乳酪的名義發誓……這次來的，又將是誰呢？

我趕緊再次躲在柱子後面。

誰？誰？？誰？？？

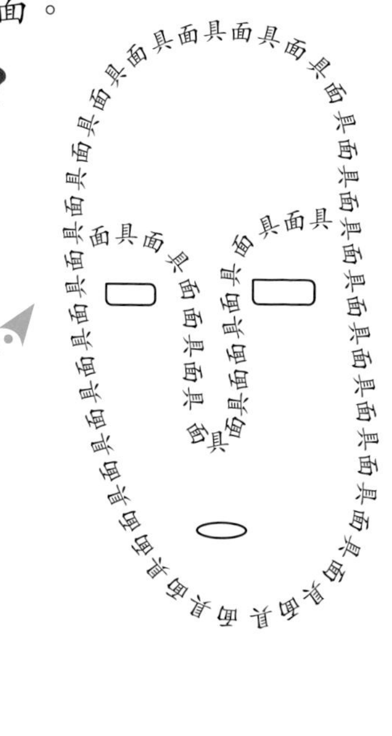

這些文字組合在一起的是什麼圖案？

三隻蝙蝠，一隻臭鼬……和一隻蠍子！

大廳裏掠過一個高挑纖細的女人身影，那身影提着一根**蝙蝠**形狀的燭台，邁着蛇形的步子向大廳中央走來。那女人長長的頭髮，像海藻一般絞纏在一起，它們散發着紅寶石般的光芒。她的一隻眼珠是**烏黑**的，而另一隻，卻射出幽幽的**綠光**！一看到她腳上穿着紅絲綢做的鞋子，我立刻認出了她：不錯，她確實十分美麗……但她的臉上卻有着蛇一般的**猙獰**！

那女人彎腰靠近井口，得意地冷笑道：

「你終於落入我的**手掌心**啦！」

你害怕得面如土色，因為說話的正是斯蒂亞，女巫國的……**皇后**！

女巫並非獨自一人，還有幾個跟班緊隨其後。他們分別是三隻**蝙蝠**，一隻**臭鼬**和一隻**蠍子**。

女巫斯蒂亞狐疑地吸了吸鼻子：「咦，我怎麼聞到了老鼠的味道……」

三隻蝙蝠上躥下跳地嚷嚷着：

「皇后陛下……

聞到了……

……老鼠的味道！」

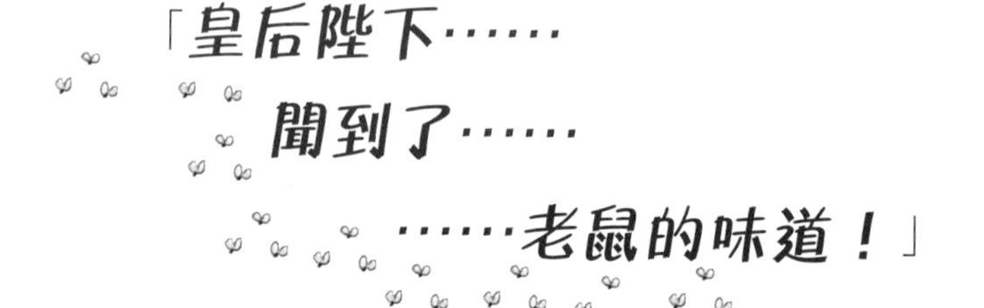

大事不好，看來我就要暴露身分了！突然間，那隻臭鼬撅着屁股，放出一個可怕的**臭氣彈！**啊喲！

女巫發出刺耳的尖叫：「誰幹的好事？」

蠍子立刻舉起爪子：「都怪討厭的**臭鼬！**」

臭死了，連三隻蝙蝠都受不了這氣味的折磨，拚命搧着翅膀驅逐空氣中的嗆人氣味。

女巫大怒道：「夠了！要是你再敢這麼放肆，我要生剝了你的皮，用它做暖手筒，或者踩腳墊，要不就做雙皮拖鞋！」等到女巫的訓斥聲從我耳邊漸漸遠去，我趕緊從柱子後溜出來。

我快步奔向歎息井，又開始用力拉井蓋，可不一會兒，另外**一串腳步聲**又響起來了……

我趕緊又躲在柱子後面。

這次又將是誰呢？**到底是誰？誰？？誰？？？**

石頭面具的秘密

又一隊石頭面具騎士踩着沉重的腳步進來了。

砰砰 砰砰 砰砰

騎士們哼喲哼喲地抬着頂轎子，累得搖搖晃晃地走到大廳中央。

只見，面具騎士首領振臂高呼了一聲：「向偉大的噩夢國國王致敬！」

「砰」轎子放下來了。從裏面伸出一隻腳，腳上穿着非常考究的皮靴。接着，是一個披着黑色斗篷的人影。終於那個人整個從轎子裏鑽了出來。

那個神秘人士幾步就跨到了寶座前。

我偷偷瞄了一眼：只見他的臉上，戴着一個猙獰僵硬的……

石頭面具

但是那面具後的眼神中，依稀透着一絲悲涼！

他的頭髮像墨魚吐出的墨汁一樣**烏黑**，挽成一個辮子垂下來。一枚戒指在他手上閃閃發光。

噩夢國國王拍了一下手，手指向歎息井。

他手下的大力士們立刻將井蓋掀起來，然後，三下兩下地將芙勒迪娜從井內拽出來。

噩夢國國王又拍了一下手，手指向出口的門。

他手下的大力士們立刻排成一列，乖乖地走出大廳。

噩夢國國王還是拍了一下手，手指向了芙勒迪娜。

他終於開口了，那聲音如此的低沉而冷漠，彷彿沒有月光的黑夜讓人恐懼不安……

「我鐵石心——噩夢國的統治者，現在命令你這個仙女國的皇后，為我唱首曲子助興！我倒要聽聽看，傳說中仙女們美妙的歌喉，到底是不是如此特別！你馬上給我唱歌！」

是什麼甜蜜又珍貴？

芙勒迪娜的歌喉，宛如夜鶯般動聽。

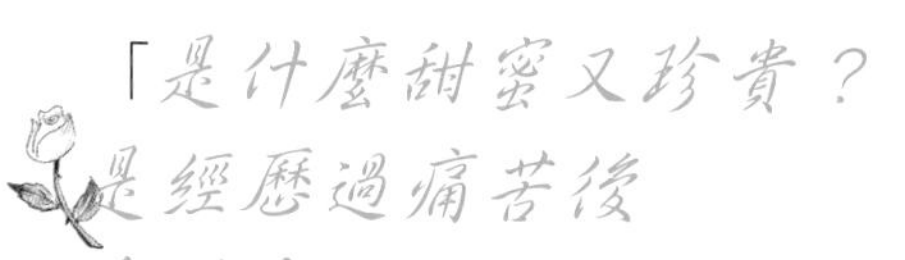

「是什麼甜蜜又珍貴？
是經歷過痛苦後
重獲幸福的淚水……」

噩夢國國王皺了皺眉頭。

「美德讓我們收穫幸福，
邪惡卻會讓心靈乾枯。」

噩夢國國王焦躁地扳着手指頭。

「哦，你的心靈已布滿塵埃，
善良一直在你的心門外徘徊，
快快敞開門，讓它鑽進來！」

噩夢國國王再也忍不住了，猛地跳了起來。

「夠了！這些歌詞真讓我厭惡！難道你不會唱點其他的嗎？」

仙女國皇后平靜地答道：「我只會唱歌頌善良和

美德的歌曲。因為仙女們就是這樣唱的。」

芙勒迪娜開始跳起舞來。

她踮起腳尖，
優雅地盤旋起來，
彷彿微風一般溫柔。

噩夢國國王屏住呼吸，眼睛一刻也沒離開她的身影，彷彿呆住了。

我驚訝地發現：他的**石頭面具**，竟然嗤嗤地一點點出現了裂紋。

鐵石心痛苦地捂住腦袋：「嗚嗚，我再也回不到從前的麻木狀態了！久違的**感覺**第一次注入到我心裏！是你擊破了我心靈的重重防線！這一切，通通都因為你！」

皇后微笑起來：「為什麼要難過呢？讓善良、美好和**快樂**重新回到你的生命裏來吧！」

芙勒迪娜輕快地旋轉着，
她的腳步似乎飛離了地面，
她的歌聲，彷彿插着翅膀飛翔。

突然間，大廳的門「砰」地彈開了。

美德讓我們收獲幸福！
美德讓我們收獲幸福
邪惡會讓心靈乾枯……

美德讓我們收穫幸福！
美德讓我們收穫幸福！！！
美德讓我們收穫幸福！！！

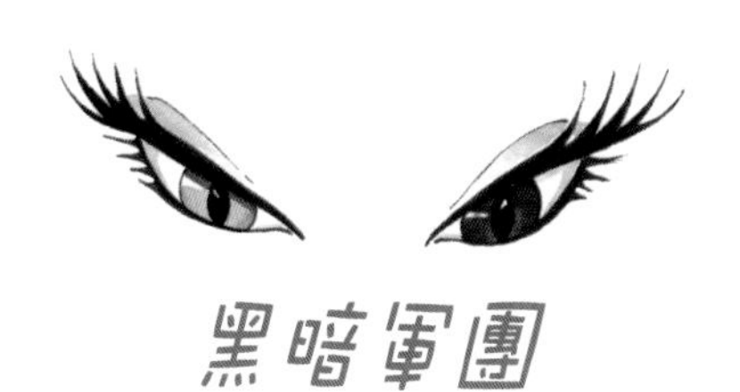

黑暗軍團

門「砰」地打開了，女巫斯蒂亞因狂怒而扭曲的臉出現在眼前。

我說哥哥，你幹嗎浪費時間聽這些愚蠢的歌，看這些無聊的舞蹈呢？我們的**黑暗軍團**已經整裝待發。現在，就差你的一千個**石頭面具騎士**，我們就可以馬上出發，去掃蕩整個夢想國啦！」

我的眼神瞄到斯蒂亞手上戴着的戒指，和鐵石心手上的戒指一模一樣。

噩夢國國王沉默不語，而斯蒂亞……

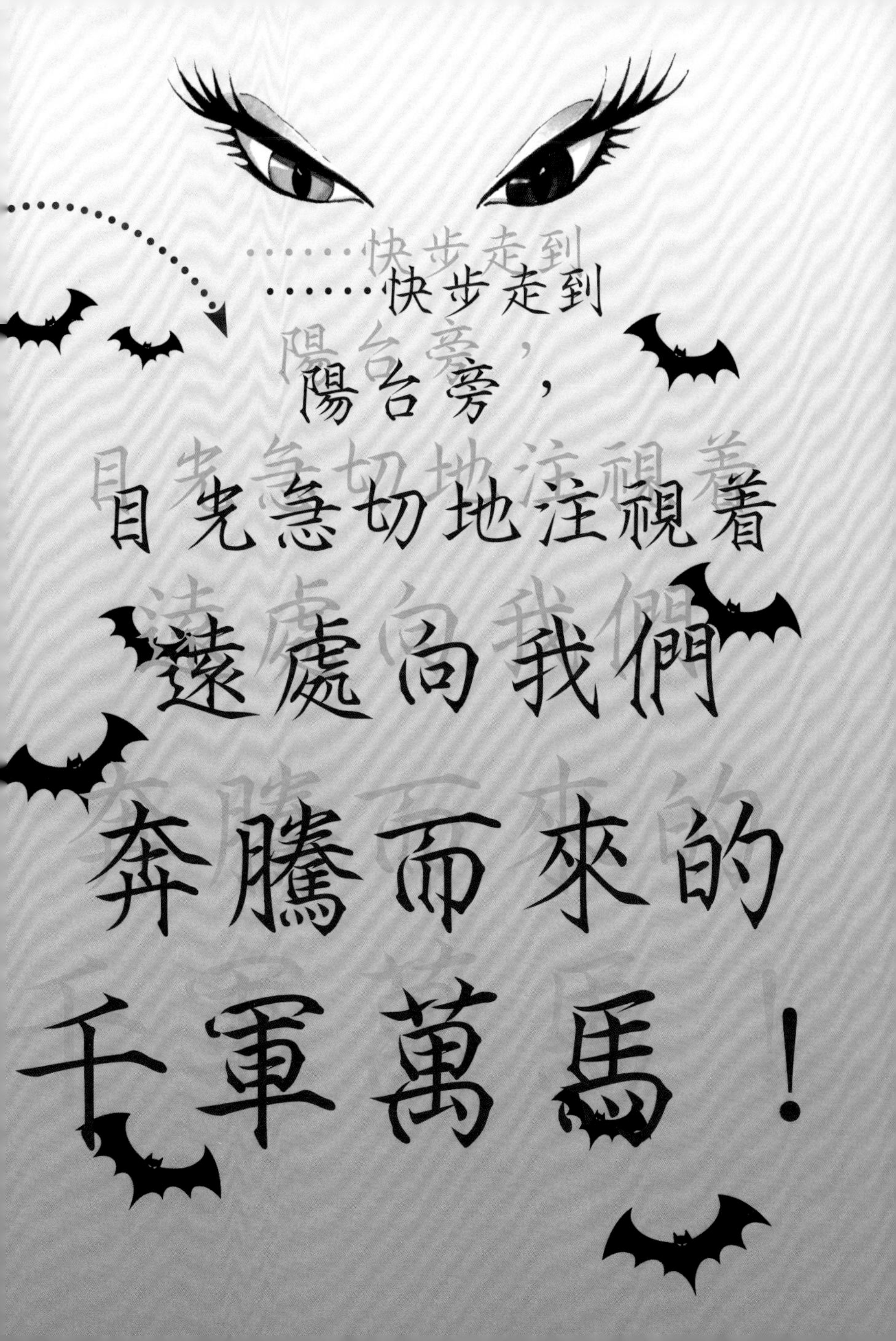
快步走到
陽台旁，
目光急切地注視着
遠處向我們
奔騰而來的
千軍萬馬！

女巫
妖怪和食肉
沒有心的騎士！

火燄巨龍……
獲勝的一定是我們們們們！
石頭面具騎士！
小怪獸！

噩夢國的黑暗軍團來啦！

女巫們：喜歡捉弄人，心地惡毒，妒忌心強，尤其嫉妒仙女國的皇后！

妖怪們：力大無窮，長相千奇百怪，性情兇猛，他們飢餓時，就會變得十分危險……問題是他們哪有不餓的時候呢？

小怪獸：小而靈活，心眼很壞，膽子卻很小……他們喜歡從背後攻擊人！

沒有心的騎士：他們堅固的鎧甲裏空無一物，女巫斯蒂亞的意志操縱着他們！

石頭面具騎士：一千名無往不勝的面具騎士……他們全身都是大理石雕刻的！

食肉魔：他們喜歡呼哧呼哧地扛着大棒，長相醜陋心眼又壞……全身還很臭！

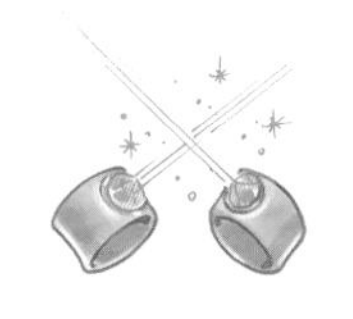

雙戒對戰

望着集合在火山腳下的黑暗軍團，斯蒂亞的嘴邊露出一絲微笑。

她飛快地從陽台上返回，速度快得像一道閃電。

斯蒂亞的聲音很是**冷酷**和**焦躁**：「你還在等什麼麼麼麼，哥哥，還不趕快把那個仙女丟入歎息井井井？」

噩夢國國王依然沉默不語。

接招吧，哥哥！
我並不想和你鬥！
你好大的膽子！
我已經受夠了你的野心！

斯蒂亞催促着：「快呀！你到底在等什麼麼麼？快把那仙女扔到井裏去，一下子結果了她的性命！我已經施了**魔法**，她絕無本領逃脫出去！」

鐵石心沉默了許久，終於噌地一下果斷地站起來：「夠了！我已經受夠了你的**魔法**，再也無法忍受你的**戰爭**狂想，**征服**的欲望，還有對**權力**永無止境的追求 ！」

狂怒的斯蒂亞頭髮根根豎起：「你好大的膽子！還沒有誰膽敢這樣和女巫國皇后說話！」

把她扔到井裏去！
絕不！！
我已經受夠了你的戰爭狂想！

我要放了芙勒迪娜！

斯蒂亞手上的戒指開始閃閃發光，發出一道雪白的光芒。她嘴角露出邪惡的微笑，沒好氣地高喊道：「接招吧，哥哥！」

鐵石心低聲勸道：「我並不想和你決鬥。」

但說時遲，那時快，斯蒂亞已經**出劍**了！鐵石心被迫也亮出了他的戒指寶劍，抵禦斯蒂亞發瘋似的進攻。

一時間，兩把劍在空中來回飛舞，發出令人心驚膽跳的碰撞聲。

眼見兄妹間自相殘殺，這是多麼**可怕**又令人難過的一幕啊！

鐵石心的身手雖然更加矯健，可他明顯並不想傷害妹妹。斯蒂亞卻鬥志高昂，彷彿一頭兇猛的野獸。

斯蒂亞一邊出招，嘴裏一邊**咒罵**着：「還不快把那仙女扔進井裏？讓你看看我的厲害！！！」

鐵石心果敢地答道：「我一定要放出芙勒迪娜，哪怕付出生命的代價！」

鐵石心揮舞寶劍，一次次地化解斯蒂亞殺向芙勒迪娜的每個招術。我驚訝地發現：鐵石心的全身漸漸地散發出光暈：從**黑色**變成了……**天藍色**。

就連他的頭髮和衣服也變成了天藍色。

他正在逐步變善良！！！

斯蒂亞看準一個破綻，高高地躍入空中，猛地將寶劍向鐵石心的心臟刺去！

他……

終於……

倒在地上……

看到鐵石心勇敢的舉動，淚水模糊了我的雙眼：他為了救出芙勒迪娜，不惜付出生命的代價！

我從柱子後仔細觀察，只見鐵石心周身發出藍色的光芒。他臉上的面具「砰」地爆裂開來，他手上的戒指釋放出一道巨大的光圈，將他托起在半空中。

漸漸地，鐵石心的背部長出透明的翅膀，他的身體變得清澈透明，就彷彿純淨的水晶一樣……變成了和仙女一樣的顏色！

嘤，嘤，嘤

斯蒂亞轉頭惡狠狠地盯住芙勒迪娜：「現在該輪到你了！」

那隻蠍子舉起大螯，去螫咬芙勒迪娜的右臂，芙勒迪娜面龐變得蒼白，不一會兒就失去了知覺。

三隻蝙蝠用爪子使勁勾住仙女國皇后的衣服，然後，搧着翅膀飛到空中。

那隻得意地撅起屁股，釋放出一股濃烈的毒氣，熏得我眼淚都快流下來了。我強忍難聞的氣味，使勁捂住嘴，免得咳嗽出聲。

在毒氣彈的掩護下，只見縱身跳出窗户。

女巫的早就等在外面了……

她一閃身跨到巨龍背上，那巨龍揚起巨大的翅膀，載着她和昏迷的芙勒迪娜，騰空而起……

搏擊長空空空空空空！

我三步併兩步地趕到窗戶，可是已經太遲了：只見**黑色巨龍**載着張牙舞爪的女巫，飛上了高空！

就這樣，斯蒂亞張狂地飛走，在空中，傳來她那得意忘形的笑聲。

「哈哈哈，哈哈哈哈！！！

借助風力我飛上雲霄，

大功告成，終於可以放心逍遙！

我是法力無邊的女巫國皇后，

全世界將會在我的

腳下顫抖！

哈哈哈，哈哈哈哈！！！」

我滿含淚水，趴在一動不動的鐵石心身旁：「尊敬的朋友，謝謝你勇敢地保護芙勒迪娜，現在我能為你做些什麼呢？」

過了一會兒，鐵石心蒼白的嘴唇微微開啟，吐出微弱的氣息：「愛的力量回到了我心中，就是太晚了！斯蒂亞給我的魔法面具終於打破了，可惜已太遲了！我的生命已到了盡頭，但別為我難過，因為我臨終前做的最後一件事，是為了正義！」

我悲傷地撫着他的頭，突然，我腦中靈光一閃。

我從背包裏掏出矮人國國王臨別贈給我的小瓶，手腳哆嗦地旋開瓶蓋……

我將藥水小心地滴在鐵石心的傷口上……

眼見着鐵石心蒼白如雪的容顏，慢慢浮現出血色：龍的眼淚真的奏效了！

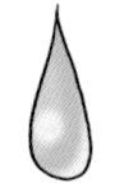
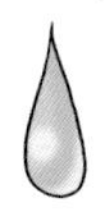

鐵石心緩緩睜開了雙眼。

「騎士，你的藥水救了我！我甚至能感覺到：血液又重新開始在我的血管裏流動！但現在先不要管我了，你趕快去救芙勒迪娜吧！」

我真不想留下他孤零零的一個人，可鐵石心反而

快去救芙勒迪娜吧！

安慰我，我終於下定決心，現在，該是我出擊的時候了！

對了，愛麗絲囑咐我帶給仙女國皇后的**銀色長笛**，不是還留在我的身邊嗎？

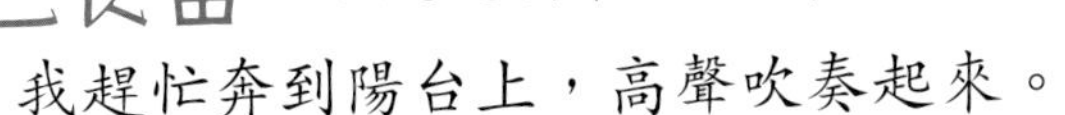

我趕忙奔到陽台上，高聲吹奏起來。

一道身影，彷彿閃電一般劃破天空，向我疾馳而來，來的不是別人，正是我的朋友——**彩虹巨龍！**

他恭敬地彎下脖子：「騎士，快快騎上來……以我巨龍的名義發誓，我們要給**女巫**一點顏色看看！」

我乾脆利落地跨上巨龍的背，緊緊抓住他的鱗片，彩虹巨龍展開金色的翅膀，呼嘯着劃破長空。

我們一起怒吼着：

「我們一定要把仙女國皇后救出來來！」

雙龍對決

黑色巨龍已經飛得遠遠的，彷彿地平線上的一個小黑點，他遠去的方向，籠罩着一片可怖的烏雲。那裏正是南方，也就是**女巫國**的方向！

我高聲地激勵彩虹巨龍：「親愛的朋友，我們決不能輸給他們！快快快，不然女巫就要溜走了！**夢想國**的未來，現在就寄託在你的一雙翅膀上！」

彩虹巨龍加快了速度。他牢牢盯着遠處的黑點，在天空中上下飛舞，耐心地捕捉每一陣**微風**，每一股**氣流**！

我的鬍子要被強大的氣流掀掉了。

我緊緊摟住巨龍的脖子，隨着他在空中**疾速**翻飛，上上！下下！上上！下下！

哎喲喲，我的頭好暈暈暈暈暈暈暈暈暈暈！！！！！！！！

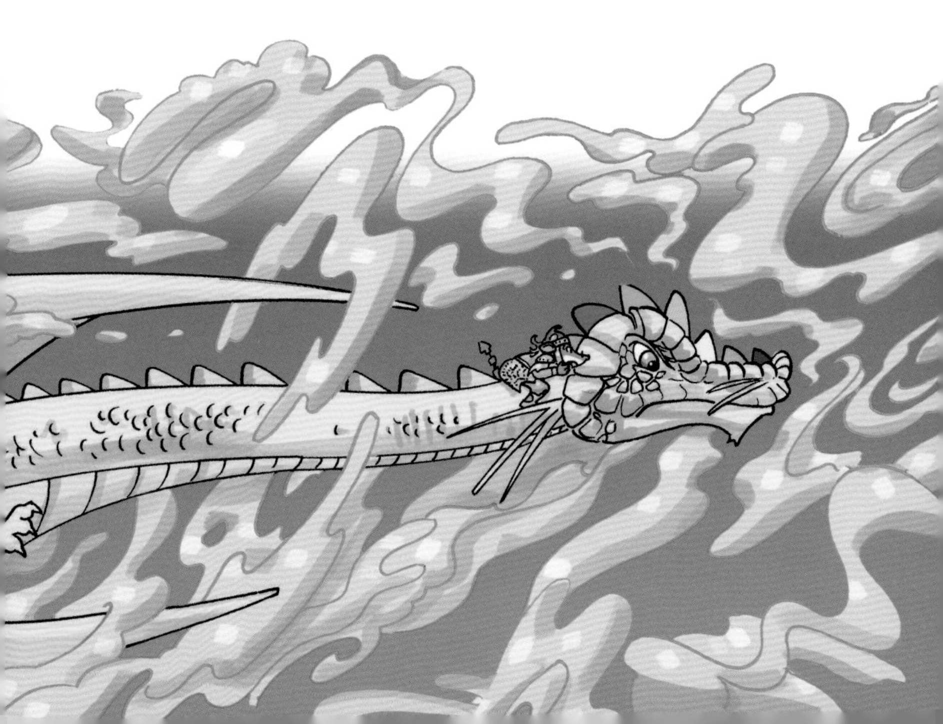

我緊張地閉起**眼睛**，只偶爾瞅瞅身下的朵朵雲團……就又被嚇得立刻合上眼睛：我的頭好暈！

當我再次睜開雙眼時，我看到了她，正是她——女巫國皇后！她正在我們下方！

我的巨龍朋友一個猛子向下扎去，徑直撲向兇惡的黑色巨龍。

我怒吼着：「還不快投降！快快放了我們的皇后！」

女巫發出一聲刺耳的尖叫：「你休想！」

猙獰的黑色巨龍揚起他的尖利**前爪**，向彩虹巨龍襲來……

彩虹巨龍靈巧地一閃，躲過了這致命的一擊。他啪地一甩尾巴，彷彿長鞭般抽在黑色巨龍頭上！

女巫眼看大勢不好，急忙用她手上佩戴的光芒之戒向我劈來，只見一道利劍似的白光閃過。

就在這緊急關頭，我的戒指也

發出一道奪目的蔚藍色光芒！

剎那間，兩個戒指發出的光芒猛烈碰撞在一起，迸射出無數顆火星。

在這激烈戰鬥的一刻，我的大腦突然變得格外清醒。愛麗絲曾經教我的空中格鬥技巧，一幕幕映在我腦海裏。

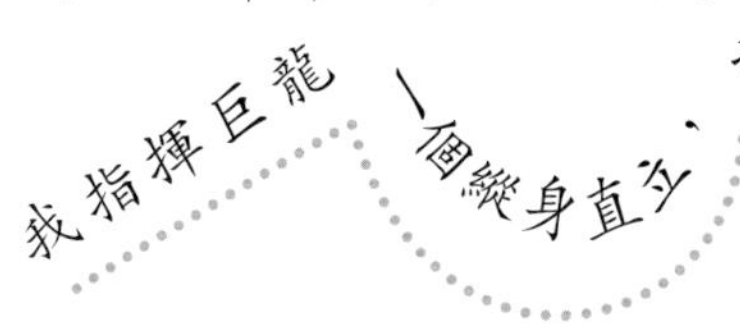

我指揮巨龍
一個縱身直立，
接着飛速向
下俯衝！

女巫也不甘示弱，命黑色巨龍飛降下來！

正在這時，彩虹巨龍一個急轉身，和黑色巨龍形成了面對面。我的目光筆直射向女巫，高聲諷刺她：「以一千塊莫澤雷勒乳酪的名義發誓，你鼻尖上長了個**大瘡！**」

一向愛美的斯蒂亞大驚失色，趕忙去摸自己的臉：「哦不不不不！太可怕了！」

斯蒂亞果然中計了！我就是要趁她注意力轉移的時機，騰出時間來對付**黑色巨龍**！

我試着集中精力，可緊張讓我腦中一片空白……

我猛然想起羅博告誡過我：想想那些美好閃光的回憶片段，這樣心就會平和下來。可我此刻什麼也想不起來！

我大口喘着氣，這時，芙勒迪娜那甜蜜微笑的臉龐映現在腦海中，我的心裏湧出求勝的意志！

我用意念掌控戒指發出一道**藍色利劍**，向黑色巨龍迎面劈去！

權利、榮耀還是財富？

受驚的黑色巨龍一個哆嗦，將**邪惡**的女巫國皇后斯蒂亞從背上甩下來，黑色巨龍沒有察覺就歪歪斜斜地飛走了！

斯蒂亞狼狽地從地上爬起來，硬裝着沒事地看着我，聲音突然變得像蜂蜜一樣甜：「騎士，你想不想和我一起**掌控**全世界呢？我可以賜給你士兵、軍隊和國王的寶座……」

我想都沒想，便一口拒絕道：「我對此毫無興趣。」

她仍不死心地提議道：「那你想**成名**嗎？我可以讓你的威名傳遍天下……」

我又斷然拒絕道：「我對此毫無興趣。」

女巫再一次誘惑我道：「那你想變得富有嗎？我可以給你數不盡的金銀財寶，讓你享受榮華富貴……」

我義無反顧地拒絕道：「我對此毫無興趣。」

女巫斯蒂亞惱火地使勁跺着腳。

「那你告訴我，你究竟想要什麼，才能背叛芙勒迪娜？不管你想要什麼，我都可以給你！」

我搖搖頭，斬釘截鐵地說：「所有一切，都無法動搖我對皇后芙勒迪娜的忠誠！」

斯蒂亞狂怒地吼道：「你一定會後悔的！」

勝利一定會屬於正義一方！

斯蒂亞和我都舞動着手中的光之劍，一場搏鬥即將開始。

斯蒂亞正色對我說：「我們先說好，不能攻擊對方的頭部！」

我鄭重地回答她：「當然，這是格鬥的原則，也是我老鼠*莊嚴的許諾*……」

我的話還沒說完，斯蒂亞已經揮起寶劍，殺氣騰騰地向我頭部劈來……

吃我一劍！
你……你違背了格鬥的原則！
再吃我一
哎喲喲！

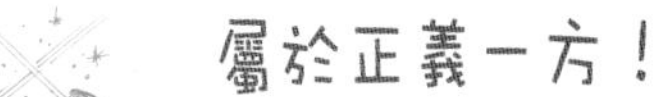

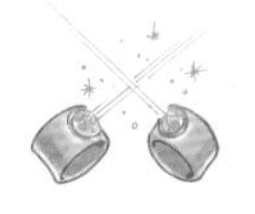

原來她是要偷襲我！

我厲聲抗議道：「你……你違背了格鬥的原則！」

斯蒂亞嘴邊浮起一絲冷笑：「只有傻瓜，才會相信一個女巫的承諾！」

我還沒反應過來，斯蒂亞已經發動了更猛烈的進攻。

我和她的戒指，發出一藍和一白兩道巨大的光束，在空中撞擊在一起，隨着劇烈的碰撞，整個地面都跟着微微顫動。

我的胳膊被強大的衝擊力震得隱隱作痛，但我仍咬緊牙關，按照愛麗絲曾經教導過的格鬥技巧，和

再吃我一劍！
我的命好苦啊！
嘗嘗我的厲害！
哎唷唷唷唷！

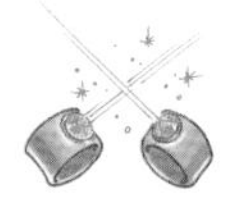

女巫貼身搏鬥。

這時候我才明白：愛麗絲給我上的那些課程，是多麼重要呀！

斯蒂亞尖聲喝道：「你這個可惡的騎士，我已經厭倦了你的把戲！先是鼓動我哥哥背叛我，然後，又趕走了我珍貴的**黑龍坐騎！**

我受夠夠夠夠夠夠了！

就要結果

你的性命！！！」

女巫的眼睛裏，是一片**熊熊怒火**。

我的鬍鬚都害怕得顫抖起來，但斯蒂亞被憤怒沖昏了頭腦，我瞅準她的防禦空檔，揚起劍飛身刺去，擊中了她！

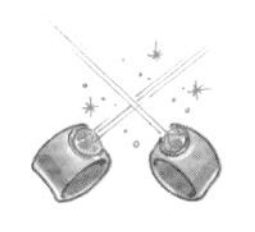

女巫國皇后尖叫一聲，轉身就**逃**：勝利最終屬於正義一方！

三隻蝙蝠叼起受傷的女巫，搧着翅膀消失在夜空中。

我舉起光明之戒，充滿豪情地仰天高呼：

為你服務，陛下！

與女巫一戰決勝之後，我累得**癱軟**在地上，連爬到彩虹巨龍背上的力氣也沒有了！

彩虹巨龍用牙齒銜起我，輕柔地將我舉起來，放在他背上。

他又銜起了仙女國皇后。

芙勒迪娜柔聲歎了口氣：「這一切終於結束了，騎士……」

彩虹巨龍載着我們助跑了幾步後，搧着翅膀就飛上了半空。

我累得昏昏沉沉，將頭埋在巨龍溫暖的翅膀之間，伴着巨龍心臟的跳動，墜入了甜甜的夢鄉。

我們趕回了噩夢國，救起了被女巫刺傷的鐵石心，帶着他一起在空中飛翔。

我們的下一個目標就是冒煙火山——我和伙伴們約定的集合地點。

我們沒日沒夜地長途飛行，接連飛了三天三夜。

一路上，我向芙勒迪娜一一講述了夢想國軍團伙伴們的遭遇，我終於能親手將伙伴們的禮物都交給芙勒迪娜了！

第四天黎明時分，冒煙火山終於出現在我們的視線裏。我遠遠就望見朋友們的身影，他們正站在龜裂的土地上焦急地張望着。我從巨龍背上探出腦袋，高興地大聲報喜：「我回來了！皇后也與我同在！」

彩虹巨龍穩穩地降落在地上，揚起一陣煙塵。

伙伴們興奮地向我們奔來，緊緊地圍在芙勒迪娜身旁。

芙勒迪娜逐一感謝大家：「謝謝，偉岸的**大巨人**。謝謝，**精明**的貓咪！謝謝，勇敢的愛麗絲！謝謝，智慧的羅博！還有你，謝謝，**正直無畏**的騎士！」

我的臉紅成了一個**大番茄**：

「皇后陛下，我並不是無畏……其實，我常常都**恐懼！**」

芙勒迪娜唇邊漾出一抹微笑：「真正的勇士，並不是從未感到恐懼，而是永遠不被恐懼所征服！」

伙伴們歡呼起來：「歡迎回家，芙勒迪娜！」

我向大家高聲宣布：「夢想國的朋友們，現在我們已經救出了皇后，可仍然有個艱巨的任務需要我們完成，那就是……

將冒煙火山的
滾滾濃煙熄滅掉！」

向冒煙火山進軍！

夢想國軍團的最終使命

第二天清晨，彩虹巨龍護送**芙勤迪娜**和**鐵石心**回到哆嗦沙灘，銀龍火花和帆船**阿齊亞**，正在那兒等候着他們。

而公鹿羅博、愛麗絲、大巨人和穿靴子的貓，還有我，就要再一次踏上旅途。我們要攀上陡峭的冒煙火山！

正當我們手腳並用地向上攀登着，腳下的土地開始……

轟隆隆地顫動起來！

原來**冒煙火山**是座活火山！

剎那間，我們的四周瀰漫着漫天煙塵，燒紅的碎片瓦礫飛散。

最讓我們難以忍受的，是沖天而起的一團**灰色煙雲！**

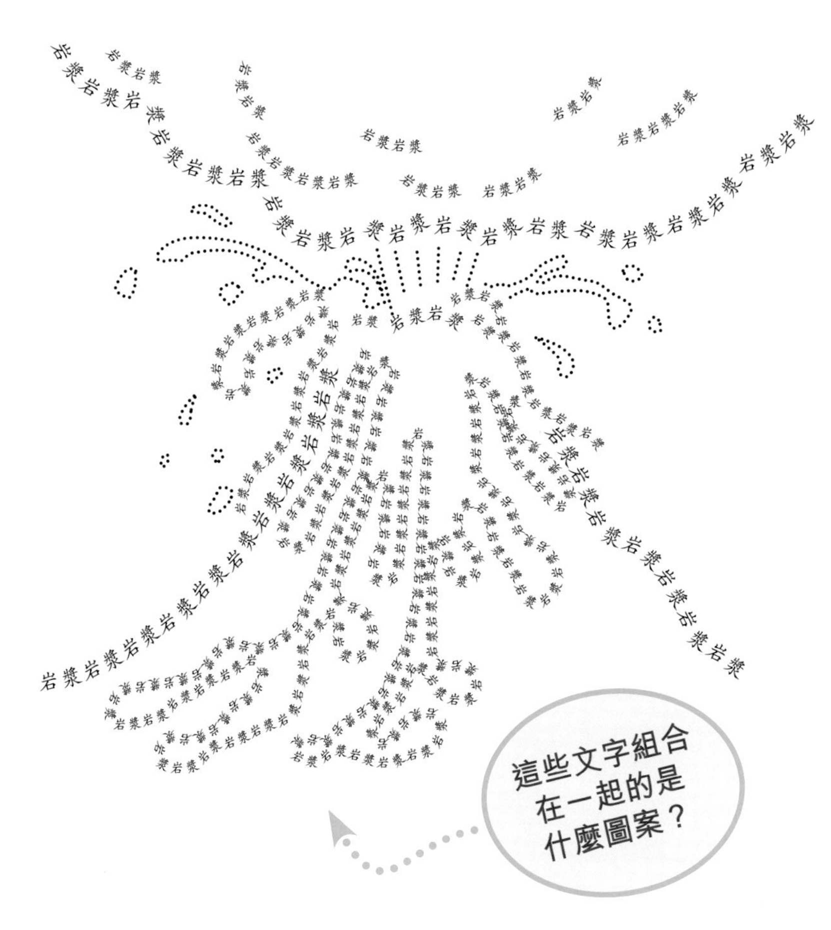

只見數百米高的**煙柱**從**火山口**騰空而起，將周圍的天空染成一片灰暗。而通向火山頂的路途，又是多麼陡峭呀！

我們使勁地爬呀爬，好不容易才爬上山頂，大家都累得**氣喘吁吁**，個個臉被煙熏得**又黑又暗**。

伙伴們圍着火山頂繞行一圈，仔細查找，終於在一塊岩石後發現了一條隱秘通道。我們又興奮又忐忑地沿着那條通道一路向下……向下……向下……

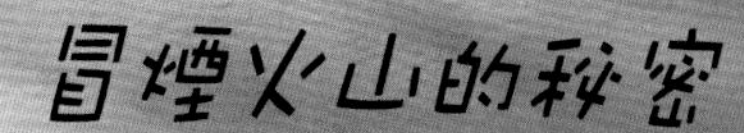

冒煙火山的秘密

我們沿着幽長的暗道，小心地向前摸索着。

陰森森的周圍一片漆黑，伸爪看不見爪，我嚇得全身的茸毛都**豎立**起來了。

好恐怖呀！

我早就告訴過你們，我可不是什麼勇敢的大俠客。前方等着我的，將會是什麼呢？

誰會製造出如此濃密的**煙雲**？

他是**怎麼做**的呢？

他藏在**哪裏**呢？

他**什麼時候**開始行動的呢？

最重要的是……他**為什麼**要這麼做呢？

暗道向下延伸……

延伸……

再延伸……

我感覺周圍越來越熱了！

我們終於下到梯子底部，此刻，我們置身在一條悶熱的石頭走廊裏，稠乎乎的空氣好像凝住了。

在走廊的底部，安裝了一扇**石門**。我伸出手爪握住門把手，可又立即閃電般地縮回來了。

哎呀呀，我的手爪都快**烤熟**了！

門的把手**好燙**哪！

我痛得大聲叫喚起來：「**哎喲喲喲喲！**」

我猛然意識到了什麼，趕緊用手捂住嘴，不讓自己再發出聲響：*也許在這一片黑暗中，有人正在不遠處鬼鬼祟祟地盯着我呢！*

正在這時，一陣奇怪的聲音傳入我的耳朵：

咻咻咻咻咻！呼咻咻咻咻咻咻！呼咻咻咻咻咻咻！

似乎是……似乎是有什麼在喘氣，那喘氣聲**好重**呀！

大巨人上前推開門，我們溜了進去。

我們進入了一個空曠漆黑的圓形大廳內，彷彿被扣在一口圓底鍋裏。

在大廳的一角，一個爐子正呼呼地**排放**煤煙，烤得大家全身是汗，都能滴下水來。

爐子一旁有一個大風箱，那是用來鼓風使**爐火**燒得更旺的裝置。

只見，那風箱足足有一輛巴士那麼寬！

誰會使用如此龐大的風箱呢？

三層樓高的熏肉

從大廳深處的陰影裏，突然伸出一隻手，一根根手指足有水管那麼粗。

那隻手忙碌地拉動風箱，上上下下，上上下下，上上下下。

誰的手會如此巨大呢？

誰？誰？？究竟是誰？？？

我正在納悶，從陰影裏伸出一節貨車那麼粗壯的手臂。

緊接着，一隻**卡車**般寬大的腳掌也邁了出來。

再接着是一張布滿了煤灰的臉龐，像滿月一樣圓鼓鼓的。那張臉趴在爐子上，仔細地檢查爐火燒得旺不旺。火焰發出劈里啪啦的聲音，不斷地向上竄着火苗，一股濃密的黑煙從火燄上升騰而起。

原來就是他，搧出**濃密的煙雲**，污染了夢想國的天空！

原來就是他，阻止了太陽光灑向地面！

原來就是他，讓**嚴酷**的冬天終日籠罩着夢想國！

我萬分氣憤，一步跨向前，大聲喝道：「**住手！**」

我做好了抵禦那可怕巨人的攻擊準備，但那塗滿煤灰的臉龐竟然害怕得顫抖起來，發出低低的哀求聲：「請別……別傷害我，求求你了！」

那竟然是個女人的聲音！

我定睛望着像三層樓高的**熏肉**那麼龐大的輪廓，終於明白過來：

站在我面前的，原來是個……

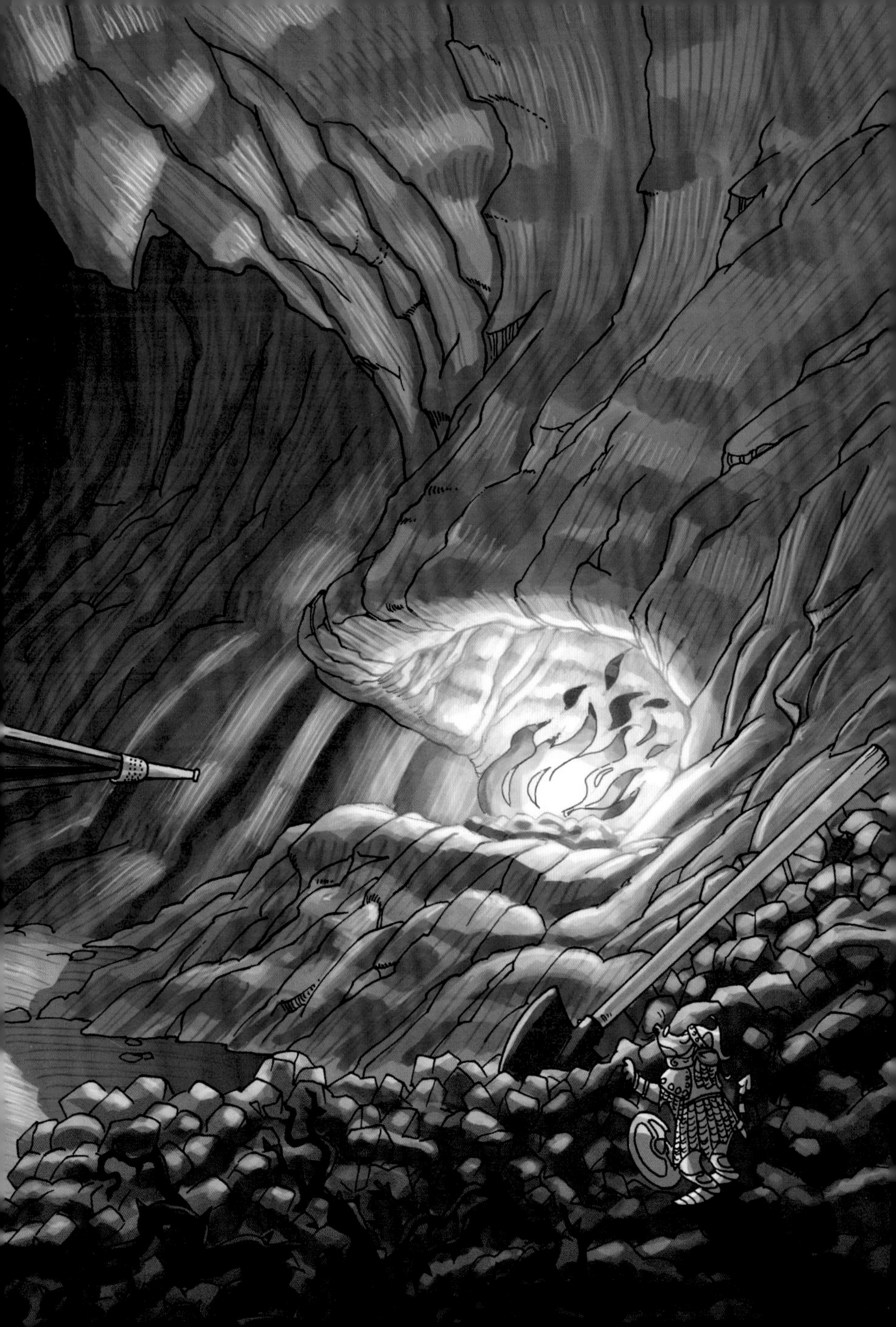

她的臉龐布滿了煤灰，頭髮又髒又亂彷彿**雞窩一般**，指甲由於長年的勞作而**磨損**。她穿着到處打滿補丁的衣服，赤腳站在地上。

咕嘰嘰，她身上真是太**髒**啦！

我甚至看到幾隻胖胖的跳蚤，從她身上竄下來！

她的腳踝上，拴着一個沉重的**大鐵球**！看來，她是被誰囚禁在這暗無天日的地下牢獄裏！

誰？誰？？究竟是誰？？？

女巨人哆哆嗦嗦地蜷縮在**陰影**裏。

我看到她全身彷彿篩糠一樣，抖個不停。

她看上去很**害怕**！

我的心又一下變軟了，走上前安慰她說：「我們並不想傷害你，事實上，我們正想幫助你。告訴我，你叫什麼名字？」

她嗚嗚地啜泣着：「很久以前，我的名字叫做**克羅維加·梅洛維亞**，是南方巨人族的小公主，可他們將我抓走，從此以後，我就生活在這終日見不到陽光的地下……」

「他們是誰？」

「他們……就是食肉魔！」

食肉魔部落

食肉魔，居住在又髒又潮的地洞裏。他們常年不洗澡，所以身上散發出的可怕味道，哪怕是距離一千米之外也能聞得到！

每當他們要出動覓食的時候，就會敲起可怕的鑼鼓聲：咚咚咚咚咚咚咚咚鏘鏘鏘鏘鏘鏘！

耙子哥
園丁
攪拌娃
廚師
印戳郎
藝術家
修剪妹
理髮師
獅吼娘
教師
揮棒爺
看門人

咚咚鏘鏘鏘
咚咚咚咚鏘鏘鏘鏘

遠處，響起一陣密集的鼓聲。

「咚咚-鏘，咚咚-鏘，咚咚鏘鏘鏘！咚咚-鏘，咚咚-鏘，咚咚鏘鏘鏘……」

這不是食肉魔要出動的標誌性鼓聲嗎？可怕的食肉魔就要來啦！隨着鼓聲越來越響，一股令鼠噁心的味道，馬上鑽進我的鼻孔。

聽見那鼓聲，女巨人嚇得**渾身發顫**。

「他們和斯蒂亞聯合在一起，用尖鋭的荊棘刺我並威脅我，命令我每天辛苦地工作，拉動風箱搧出濃密的黑煙。為了阻止我逃跑，他們用鏈子拴住了我的腳踝！」

我忙招呼着伙伴：「大巨人，現在是該你出馬的時候了！快快快，**食肉魔**馬上就要來啦！」

大巨人緊緊拽住那條鐵鏈，嘴裏還嘟囔着：「先別急，別怕食肉魔，看我……」

穿靴子的貓插嘴道：「別囉嗦了，大塊頭，快使勁**拉**呀！」

大塊頭憋得滿臉通紅，拼命地拽呀拽……終於將那條長長的鐵鏈拉斷成了兩截：**噹！**

噹！

隨後，大巨人紳士般地鞠了一躬，對女巨人說：「女士，現在你恢復自由了！」

他又風一樣跑出去，回來時，帽子裏盛了滿滿的一帽子**雪**。

大巨人將雪潑在燃燒得正旺的火焰上，一下便撲滅了爐子裏的火。

「**卡好啦啦啦啦啦啦啦！**」我們鼓掌叫好。

我們沿着來時的梯子向上爬去，地洞裏食肉魔的氣息越來越濃郁了。

很快，一大堆**食肉魔**出現在我們身後。走在我們最後力大無窮的伙伴——大巨人，將食肉魔一個接一個地**扔**到空中，甩得他們哇哇大叫！剎那間，食肉魔們彷彿**滾桌球**一樣，一個砸一個地摔在地上，不多久，地面上就堆起了一座小山！

大巨人幹掉了追來的最後一個食肉魔，甩甩手，教訓他們道：「先別急着來追我們，你們這羣**討厭鬼**，我要教會你們如何對待一位女士！」

美麗的秘密

我們一路小跑，衝出洞外，現在我終於可以將女巨人正式介紹給大家了:「親愛的朋友們，這位是**克羅維加·梅洛維亞**，南方巨人族的公主，她將加入我們的隊伍，和我們一起返回仙女國！」

伙伴們歡快地拍起手來：「歡迎歡迎，克羅維加·梅洛維亞！」

在那層煤灰的掩蓋下，我依然能看到克羅維加的臉羞得**紅通通**。奇怪的是，大巨人的臉也變**紅**了。

他恭敬地吻了吻克羅維加的手。

「女士，多麼榮幸見到你！我一直以為，自己是活在這世界上的最後一個巨人……可如今我知道自己並不孤單，這是個多麼大的驚喜呀！」

克羅維加有些靦腆地向他行了個屈膝禮。

「認識你，我也很高興……」

克羅維加・梅洛維亞

我們收拾好行裝，向哆嗦沙灘進軍，帆船**阿齊亞**正載着芙勒迪娜和鐵石心，停泊在那兒等候着我們呢！

我們一路星夜兼程，不知不覺地，有一股莫名的情愫在兩個大巨人間產生了。

當兩人的手不經意地碰在一起時，我看到他們的臉都紅得像番茄。

一向木訥的大巨人竟然採了一束**桃花**，啊！不對，明明是一棵桃樹，送給克羅維加。

公鹿羅博還改不了他的脾氣，不合時宜地**插話**：「你在幹什麼呀，我的朋友！快快放手，損害花草可

不對呀！」

當我們抵達哆嗦沙灘時，遠遠地就看到芙勒迪娜和鐵石心的身影。鐵石心**可怕的傷口**看上去已經痊癒了，他正笑盈盈地迎接我們。全身散發出和仙女一樣的**藍色光暈**。

大家收拾停當，正打算揚帆起航，大巨人卻緊張地在背包裏翻找起來：「呃……呃……這就是我一直隨身攜帶的——巨人國國王的皇冠……你們大家有所不知，這麼久以來，我還隨身背着另一個皇冠，希望有一天能夠將它戴在我愛人的頭上：喏，就是這頂皇后的皇冠！」

巨人國
國王的皇冠

巨人國
皇后的皇冠

大巨人興奮地嘴唇都哆嗦了：「女士，我將它獻給你！請問，我是否有幸今生與你牽手？」

臉上的煤灰也掩不住克羅維加的驚訝和羞澀。她慌忙理了理蓬亂的頭髮，用手拉了拉**皺皺巴巴**的衣服，小聲嘀咕着：

「我可配不上你，我長得並**不美**。」

「哦不，千萬別再這麼說。我愛你，因為我能看到你心靈深處的**美麗！**我冒昧地再問一次：我是否有幸今生與你牽手？」

克羅維加的眼眶裏盈滿幸福的淚水：「是的，我願意！」

所有在場的同伴發出激動的讚歎聲：「大巨人，太好了！」

美麗的秘密

真正的美麗來自於心靈！一個動人的微笑，一個真摯的眼神，比一身名牌衣服更重要！

真正懂得愛的人，不僅懂得欣賞外表，更懂得看到對方的心靈深處……

駛向仙女國

第一縷陽光……

我們總算登上了會説話的船，許久未見的阿齊亞看到我格外興奮。

「騎士，光之戒有幫到你嗎？」

「親愛的朋友，多虧了你那珍貴的禮物，我才終於戰勝了斯蒂亞！我該如何報答你呢？」

阿齊亞嘿嘿笑起來：「我聽說你是個作家。如果可以，希望有一天你能將這段歷險記錄下來哦！」

我微笑着答應他:「我一定會將這次**奇遇**記錄下來，這樣大家就會認識你，和這次伙伴團的其他朋友了！大家更會學到友誼和愛情的珍貴！」

我們踏上了**漫長**而**艱辛**的歸途。

每天清晨，我都要凝視着地平線。

終於有一天，我在清晨的迷霧裏，隱隱約約地看見矮人國的輪廓！

就在此刻，一縷**金色陽光**穿過厚厚的雲層撒下來。

大家紛紛驚喜地抬起頭，凝視着眼前不可思議的景象。

愛麗絲小聲地說道，似乎不敢相信自己的眼睛：「春天到了……」

穿靴子的貓激動地嚷嚷起來:「沒錯，春天回來啦！」

一時間，大家的歡笑聲此起彼伏：

接下來的旅程，風平浪靜：嚴寒的冬天隨着女巫的離開，消失得無影無蹤，生機勃勃的春天已重新降臨大地。

在一片歡騰的人羣裏，芙勒迪娜和**鐵石心**卻倚在船的欄杆旁，靜悄悄地説着話……

也許，他們在討論着兩個王國的未來？

他們身上散發出柔和的藍色光暈，映亮了漆黑的海面。

誰知道？誰知道？誰知道？

我們的船隻終於抵達了矮人國，歡笑的人羣如潮水一樣向我們湧來，大家簇擁着我們來到集會廣場。

我被擠在一羣手舞足蹈的矮人當中，突然，我看到一個熟悉的身影。

那身影邁開小腿噌噌地向我跑來，還不住地大呼小叫，它不正是變色龍膿包嗎？

「騎士士，我有個消息要告訴你！」

我正要說話，許多雙手已將我高高地舉了起來，拋在半空中，原來矮人們早做好了準備，慶祝我的歸來！

一團混亂中，我感覺似乎有誰**揪了揪我的尾巴**

我四下張望着，可什麼也沒看見……

這時，我耳邊又響起了膿包尖尖的聲音。

「騎士士，我有個消息要告訴你！」

我正要說話，仙女國皇后卻招呼大家到廣場中央集合。

我急忙對**膿包**說：「不好意思，親愛的朋友，我們稍後再聊！」

我一路小跑，向廣場中央奔去，只聽見大家在小聲地討論着：「誰知道我們的皇后要宣布什麼消息？**誰知道？誰知道？誰知道？**」

在一片交頭接耳中，一個尖尖的聲音傳到我耳朵裏，原來又是**膿包**：

「騎士士，我有個消息要告訴你！」

可緊接着，膿包的話被一陣雷鳴般響的歡呼聲淹沒了：

同樣的消息，三倍的驚喜！

我們大家圍坐在集會廣場草坪上，只見芙勒迪娜和鐵石心，手牽着手，出現在大家面前。

鐵石心先說話了：「我要向大家鄭重地宣布，從今以後，我要換一個新名字，請大家不要再稱我為**鐵石心**，而叫我**喜樂多**，因為，如今我的內心鳴奏的不再是苦澀和冷漠，而是甜蜜與歡樂！」

在大家的歡呼聲中，他們倆大聲地宣布：「朋友們，我們有一個重要的消息要告訴大家：從今以後，我們兩個王國將會統一！噩夢國將重新恢復為『美夢國』這一名字，因為……我們倆決定結婚了！」

大家被這意外的喜訊震驚

了，高叫道：「好啊！」

這時，大巨人拉着克羅維加的手，也附和着大聲宣布道：「還有我們，我們也決定結婚了！」

大家簡直是高興萬分，連連驚歎道：「好啊啊啊啊！」

只有穿靴子的貓在一旁撇撇嘴：「哼，要我犧牲自由身，想都別想！」

哈哈哈 哈哈哈

大家被他這句對白逗得放聲大笑。

哈哈哈

這時，膿包突然急匆匆地從人羣裏鑽出來，提起嗓子宣布道：「還有我膿包，也要結婚了！我要和老婆快快活活地生一堆小變色龍！」

大家驚訝地張大了嘴巴：「可是，膿包，你的新娘在哪裏呢？」

「在這兒呢，就在這兒，在我身旁！你們都沒看到她嗎？」

原來，她和膿包一樣，也是個偽裝高手哦……

我恍然大悟地拍起手來：「原來你剛才一直想告訴我的，就是這個消息呀！快和大家説説你們相識的經過吧！」

但很快，我就意識到自己剛才完全説錯了話……

因為興奮的朧包，又開始滔滔不絕地嘮叨起來，一連幾個小時就這樣過去了！

他甚至連未來家居怎樣裝修，家中牀頭櫃的式樣，甚至他們客廳牆壁將要刷成可愛的草莓色，都向大家一一宣布！

謝天謝地，朧包冗長的演講終於結束了。芙勒迪娜告訴大家：「為了慶祝這次收穫愛情與和平的偉大歷險，七天後我們將在仙女國的水晶宮舉行盛大的歡慶儀式，歡迎在場的各位嘉賓來到仙女國！」

在一片歡呼的聲音中，只有克羅維加呆呆站着，表情有些沮喪。

她輕輕咬着指甲，撫弄着一束頭髮，然後，向我一步步地走來……

她靦腆地嚅動嘴唇：「騎士，我能和你聊聊嗎？有件事希望你幫忙。」

「當然啦，我能為你做些什麼？」

「呃……我……我，這麼說吧，我想變得……從某種角度來說，我想變得更**迷人**，但我該怎麼做，才能變成整潔漂亮的新娘呢？」

我的大腦瘋狂地運轉起來,突然靈光一閃：「跟我來，有個人一定可以幫到你！」

克羅維加興沖沖地跟在我身後。

我知道該找誰幫忙：

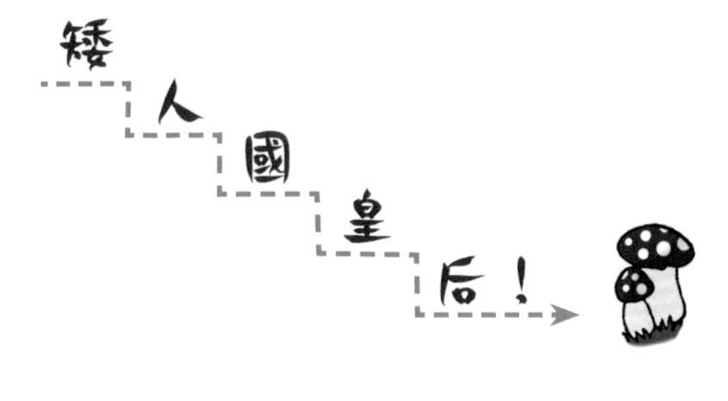

通通不合格……通通要打理！

費莉亞上下打量着克羅維加，眼神十分嚴肅……

她口中喃喃有詞：「我說，我親愛的孩子呀，你這下可有得忙了……」

克羅維加自卑地搓着手：「哦，都怪我長得難看！」矮人國皇后朗聲笑起來。

「難看？才不呢，等我們收拾好了，你一定會讓大家驚豔……孩子，別擔心，我們首先需要的，是一盆清水和一塊香皂！」

說着，費莉亞噌噌幾下便爬上梯子，用放大鏡仔細地查看着克羅維加雞窩一樣凌亂的頭髮，以及她破爛的衣裙。

「這樣可不行，通通不合格……通通要打理！你上一次做美容指甲，是在什麼時候？」

「美……甲？」克羅維加困惑地撓撓頭。

「美甲是什麼？」

矮人國皇后慈愛地摸摸克羅維加的一頭亂蓬蓬的頭髮。

「唔，這是個艱巨的挑戰。不過別擔心，在我們矮人的巧手下，一定會將你打扮成**漂漂亮亮**的新娘子！」

她拍拍手，一隊小矮人邁着整齊的步子走進來，呼呼地捲起袖子，齊聲唱起來：「**一，二，三，開動啦啦啦啦啦啦啦啦啦！**」

她們幫助克羅維加洗乾淨臉龐和身體，為她描上**淡妝**，然後，為她仔細縫製了一件巨大的婚紗。她們甚至還用棉布為她做了一束逼真的花束：誰讓克羅維加長得太高大了，自然界裏找不到如此巨大的真花呢？細心的小矮人還在花束上噴上了**散發甜橘香味**的香水：這可是矮人國特有的新婚習俗哦！

大家齊心協力，為她披上潔白的頭紗，現在的她看上去像個

羞澀可愛的少女哦。

讓自己變得迷人！

讓自己保持乾淨、整潔和禮貌，能夠幫助我們贏得他人的好感。這不僅僅是出於對他人的尊重，也是對我們自己的尊重。

愛的香氣的花束！

這就是克羅維加散發玫瑰香味的花束！

聞聞看！

新娘美容計劃

在浴缸裏擠滿泡沫，舒舒服服地洗個澡……

將艾草香波，塗在頭髮上……

為自己做個黃瓜面膜……

……在指甲上，塗上粉嫩的護甲油！

將頭髮梳剪得光亮又順滑……

……夾上髮卷，將頭髮燙鬈！

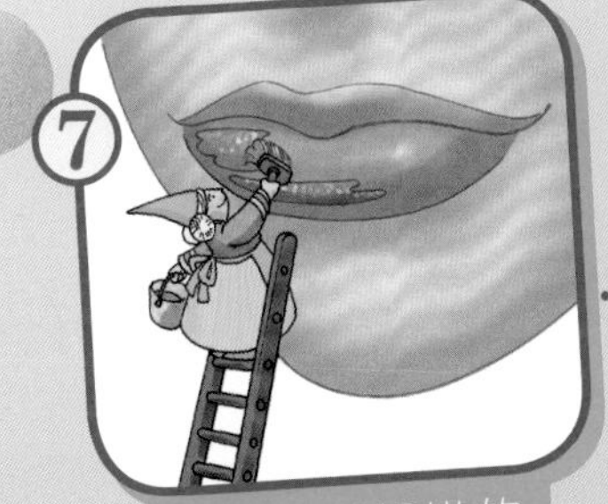

塗上晶瑩粉嫩的
唇膏……

穿上美麗的婚紗……

披上薄薄的頭紗……

最後一步，噴上好
聞的香水！

從前

現在

愛的力量

一個星期後，仙女國的水晶大道上，三對夫婦舉行了莊嚴隆重的婚禮。

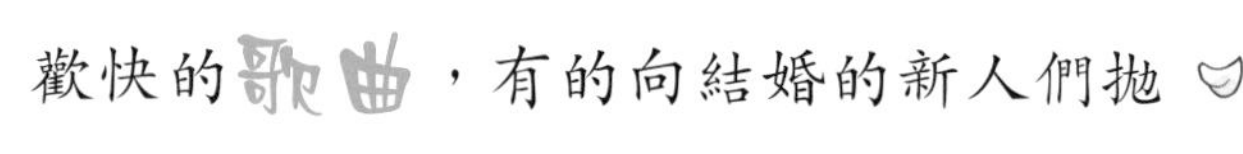

小仙女們忙個不停，有的吟唱着歡快的歌曲，有的向結婚的新人們拋撒玫瑰花瓣，有的高聲祝福新人們：「*新婚快樂！*」

夢想國的所有朋友們歡聚一堂。這世界上，還有什麼會比愛的力量更讓人心醉呢？

三對新婚夫婦，為各自的情侶戴上結婚戒指，隨後，舉起金色酒杯飲下了交杯酒。

穿靴子的貓醉醺醺得扭來扭去：「喵，我最喜歡有美酒的慶典了！」

大巨人嘟囔着：「等等，先別急着説慶典，

誰知道以後……」

女巨人輕輕地擰擰他的耳朵：「別再咕噥啦！從今天以後，我希望每天都看到你的微笑！」

文學蛙賴嘰嘰詩興大發：「正巧大家都在，請允許我再為大家吟誦一首新作的**長詩**吧……」

伙伴們紛紛捂住耳朵：「夠啦啦啦啦啦！饒了我們吧吧吧吧吧吧！」

我見情況不好，趕忙轉移話題：「呃，又一首詩？要不我們來跳舞吧。誰想和我跳？」

伙伴們紛紛舉起手來：「我！我！我我我我我我我我我！」

就在這時，美妙悠揚的小提琴聲響起來了，原來是斯特萊斯——用會說話的森林裏的神木製成的小提琴，他一邊自動奏着樂曲，一邊歡快地打着拍子跳起舞來！

斯特萊斯——會自動演奏的小提琴

慶典整整持續了一天，直到太陽從水晶宮後漸漸沉下去，點點繁星布滿了夜空。

一顆流星從天邊劃過……

賴嘰嘰捅捅我：「騎士，快快許個願吧！」

我撓撓頭：「我願……願……願……」

許多願望在我腦海裏像過電影似的閃過。可其中的一個願望，像能照亮天邊的流星一樣，在我腦中久久盤旋不去。

「我願春天永遠常在，而每個人都找到屬於自己的幸福！」

比薩餅的香味

夜漸漸深了，從仙女國皇后的廚房裏，飄出來陣陣香味。

原來，新娘女巨人居然親自下廚，她自豪地宣布道：「有一個驚喜要送給大家，我特別為大家準備了一道美味，這就是我們國家——南方巨人族的特色食物！」

我的鼻子湊過去嗅了嗅，奇怪，這香味我好像在哪裏聞到過：「這……這……這不是**比薩餅**的香味嘛！」

我正尋思着，女巨人已經將一塊**巨大**的比薩餅送到我面前，只見上面綴滿了**番茄**、**乳酪**、**橄欖**和其他美味的餡料。

我微笑着舉起酒杯：「當我這次返回夢想國時，我只聞到一陣**刺鼻的煙味**，而我將一直銘記此刻比薩餅的香味，作為我這次旅行的美好回憶！」

新娘製作的美味！
聞聞看！
這就是女巨人
親手製作的比薩餅！

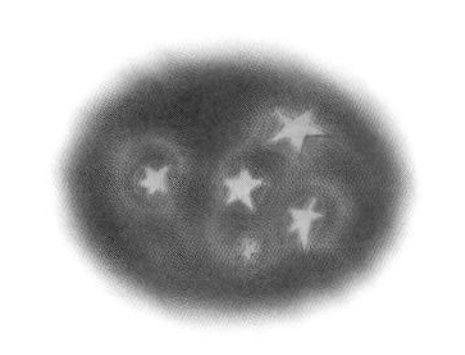

彩虹的顏色

一聽到我説的「回憶」幾個字，身邊的朋友全都愣住了。

接着他們低聲議論起來：

「哦，騎士要走了嗎……」

「難道説，騎士要離開我們了嗎……」

「哎，騎士就這麼消失了嗎……」

學會表達你的情緒！

不要害怕向別人表達你的情緒！如果你情緒低落，試着向周圍關心你的人説出來吧：我很悲傷，我不開心，我想家了……説出你的感受，你會感覺輕鬆了許多，因為親友們會更加理解你，試着幫助你。

我清清嗓子，對大家説：「朋友們，我也很**不捨**，因為我也很想一直陪伴在你們身邊！可我必須離開了：因為在另一個世界裏，大家需要我……因為另一個世界裏，大家也需要**和平**與**友愛！**」

我默默地脫下鎧甲，換上了來時穿的衣服：離別的時刻到來了。

我走向芙勒迪娜與鐵石心……哦不對……我是說……喜樂多……如今掌管仙女國和**美夢國**的君王。

芙勒迪娜問我：「我們該如何回報你的**忠誠**呢？」

「我只需要……一個**微笑**，陛下！」

芙勒迪娜笑了……那笑容彷彿能融化一切悲傷，一時間我的心裏充滿了喜悅和甜蜜。

仙女國皇后走過來，在我胸前別上一枝**閃閃發亮的玫瑰花**：「從今天起，我任命你為銀玫瑰騎

這些文字組合在一起的是什麼圖案？

士，為了報答你的忠誠和勇敢，我將吩咐美夢國的銀色獨角獸護送你回去，獨角獸以吸吮露水為生，能夠在**雲端**漫步。在你之前，還沒有誰得到過這樣的榮耀！」

我再次彎腰向所有伙伴們**鞠躬致意**，向大家宣讀夢想國軍團曾經的誓言：

「我的心靈未被污染，
我的雙唇只吐出真言，
我的精神與你同在！」

我和**夢想國**的朋友們揮手告別：「多保重！我們下次**旅程**見！」

通體潔白的獨角獸邀請我騎在他背上，接着展開他潔白的翅膀。就這樣，夢想國離我越來越遠，直到變成了遠方一個小黑點……

銀玫瑰騎士的使命

銀玫瑰騎士是仙女國的守衛者！他們將永遠捍衛真理和善良。

在雲端旅行的滋味真不錯……

即將回到家的感覺更好！

迎面吹來一陣風，我的**鬍鬚**都要被風**撕**掉了，一顆心幾乎跳到了嗓子眼。

我覺得自己彷彿進入了一個離心機！

哦哦哦哦哦哦哦哦哦哦哦哦哦我頭好暈暈暈

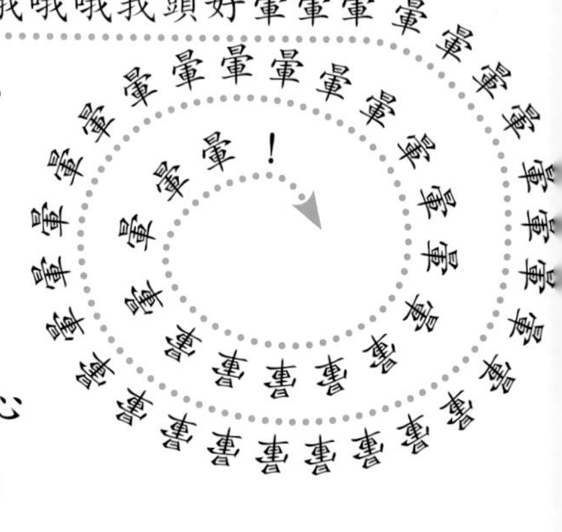
暈暈暈！

我戰戰兢兢地睜開眼睛。

我們正被吸進一個巨大的漩渦，向漩渦中心捲去！

我試圖摟緊獨角獸的脖子，以防跌落下去。可不小心手一鬆，朝着漩渦中心跌去：

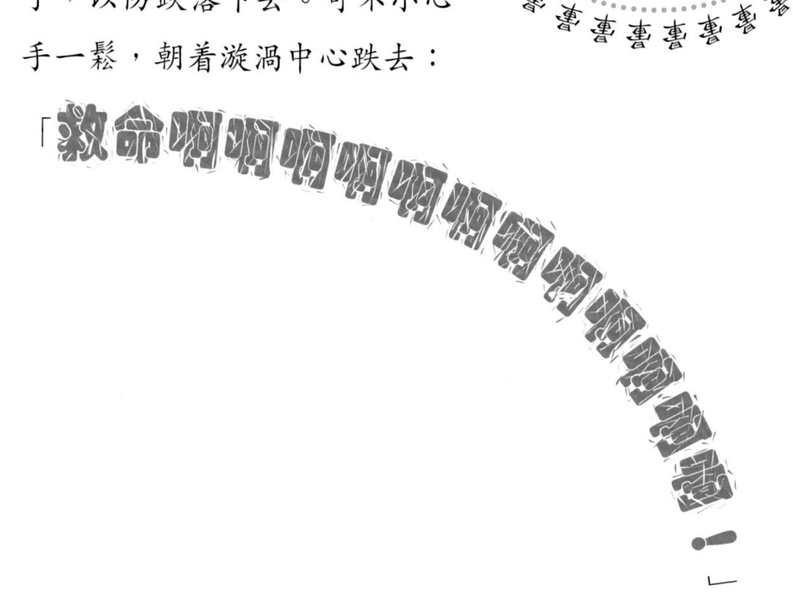
「救命啊啊啊啊啊啊啊啊啊啊啊啊！」

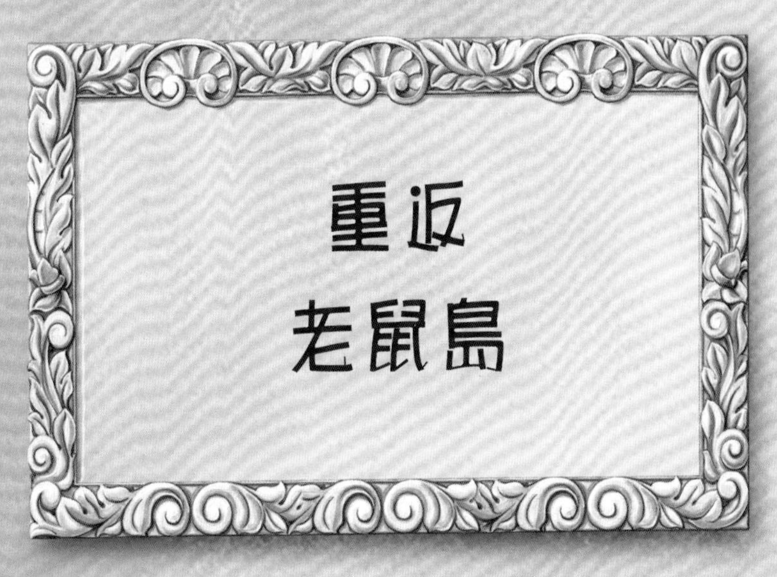

重返老鼠島

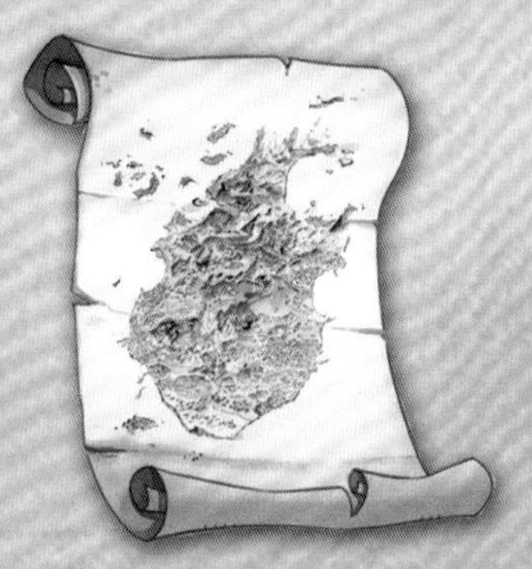

重返老鼠島

我抖了抖毛，突然驚醒過來：究竟發生了什麼事？？？

我四下張望着，原來自己躺在家中的浴室裏。

哎喲，哎喲，哎喲，我的頭好痛哪！

我猛然回想起了發生的一切：我當時逃進浴室去，是為了尋找藥水膠布，卻一腳踩到地板上積的一灘水中，結果滑倒了。地板上的積水，是因為我的廁所漏水了！而我居然忘記叫水喉匠來修理。最倒霉的是……我一頭撞在洗臉盆上，頭上磕了個大包！

我的命怎麼那麼苦啊！！！！！！！！！！

哎喲喲！

我揉着頭上的大包，無力地哼哼着。

我把視線投向窗外：已經黎明時分了……

難道這一切，都是我昨夜做的一個瑰麗的夢？

我竟然又夢見了**夢想國**。

哦，這是個多好的夢啊！

我蘇醒以後的第一件事，就是打電話給水喉匠。然後，我走進廚房，一陣忙亂後填飽了肚子。

接着我穿戴整齊，嘴裏吹着小曲，走出了家門。

能重新回到老鼠島，這可真讓我開心！早晨的空氣十分清新，到處瀰漫着花朵的香氣。真是太好了，美好的**春天**喲……

就在這時，我又回想起了那一幕：曾和伙伴們一起，擊敗了籠罩在夢想國上空的**嚴冬**，讓春天重回大地。

我伸出雙手，情不自禁地喊道：

「生活真美！我眼前的世界太神奇了！希望大家都這樣幸福！」

鼻子嗅着微風，眼睛望着遠方

我在街上遊蕩着，鼻子貪婪地嗅着清新的空氣，

眼睛好奇地望着遠方：我看到桃樹枝頭綻放着一團團粉紅的小花，而小鳥在樹叢間歡快地歌唱。

我突然想起來：我忘了告訴水喉匠我已經離開家啦！幾分鐘前我還在懇求他立刻前來，幫我維修漏水的管道呢！

正在我焦急不安時，我竟然見到了我的夢中情鼠——柏蒂·活力鼠！

唔，她是個非常可愛的女孩子，而我嘛……要我説，説真的，在某種感覺上，在心靈深處，總之呢，也就是説，我的意思是，我好想讓她做我的**女朋友**哦！可我從沒勇氣向她表白，因為我是個非常非常非常羞澀的紳士鼠……也許有一

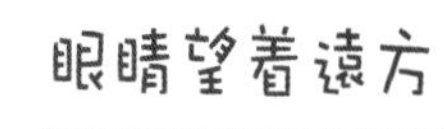

天，誰知道呢？

我拾起一片**四葉草**，靦腆地將它遞給柏蒂。

「這片四葉草送給你，希望它能為你帶來幸運！」

「我的幸運，就是擁有一位你這樣的朋友啊！**啫喱！**」

柏蒂輕輕地在我臉頰上印了**一個吻**。

我兩頰頓時一片緋紅，在她面前結巴得像個傻瓜：「謝謝你，我是說，我要向你道謝！哦不對，

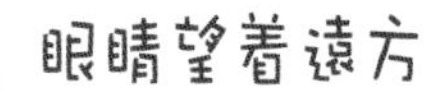

是要向你致敬，哦也不是，是向你致意！算了，再會吧！告別了！永別了！」

就這樣，我捂着**紅得像番茄**的臉，邁開腿一路狂奔回家，一顆小心臟激動得怦怦直跳，足足每分鐘有兩千下！

哦，我是多麼激動啊！！！

有鼠在家嗎？我是水喉匠！

就在這時，家裏的門鈴嗡嗡大作。

原來是來我家的水喉匠——洗衣鼠先生！我剛剛通知他來家裏修理水管呢！我三步併兩步，跑到門口。我激動得說：「謝謝你，這麼快就趕到了，家裏的壞水管就拜託你了！」

在洗衣鼠先生埋頭苦幹之前，我為他泡了一杯香噴噴的乳酪菊花茶。

他一邊喝着茶，一邊與我閒聊起來：「我說，你這傢伙怎麼頭上撞了個**這麼大的包？**」

我歎了口氣：「說來話長喲……」

就這樣，我的話匣子一打開就關不住了。我眉飛色舞地給他講起了怎麼在一灘水上滑倒，怎麼撞出大包，我甚至還描述了我那瑰麗的夢——在夢想國進行的奇異旅行。

我頭戴頭盔，
手上戴着光明
之戒……
嗚哇哇，我聽
好感動啊！

嗚哇哇！

洗衣鼠先生不斷地問東問西：「接着說，然後呢？後面怎麼樣了？」

我唾沫橫飛地講着故事，洗衣鼠先生**感動**得抹着眼淚。旅行中發生的故事是多麼讓他激動啊！

哦，不知不覺中，我發現地板上的那灘水更深了！

謝天謝地，洗衣鼠先生終於停止了哭泣。他隨手揉了一團紙巾，抹抹鼻子，「嗚哇哇，你這故事太浪漫了！竟然有三對伙伴同時舉行了婚禮！而寂寞的大巨人終於找到了生命中的伴侶！我這輩子都沒抹過這麼多眼淚！不過這種感覺真是……太奇妙！為幸福哭泣真是太美好！聽着，為了謝謝你給我

我可真沒想到，自己講的故事這麼讓他感動……

講了這麼激動鼠心的故事，我決定了……這次修理水管給你**免費！**」

洗衣鼠先生終於不**哭**了，可很快他又捧着肚皮**大笑**起來：「哈哈哈，你這故事還真搞笑呀，

臭鼬當真放了好幾個**毒氣彈**？穿靴子的貓居然在大巨人的帽子裏**撒尿**？」

就這樣，我呆呆地看着水喉匠，他一會兒將鼻子埋在我家僅剩不多的紙巾裏**擤鼻涕**，一會兒又爆發出一陣歡快的笑聲。

洗衣鼠先生總算平靜下來，他鄭重地向我說：「拜託你，把這個故事**寫下來**吧，史提頓先生！這樣我就可以捧着你的書，讀啊讀啊再讀啊讀啊，哭啊哭啊哭啊笑啊笑啊笑啊，哭啊笑啊笑啊哭啊，哭哭笑笑笑笑哭哭，又哭又笑又笑又哭……我好想再聽到這故事啊！」

這主意不錯！

洗衣鼠先生離開後，我身體泡在充滿**泡沫**的浴缸中，舒舒服服地泡起澡來。

我躺在浴缸中，思索着洗衣鼠先生說的話：沒錯，我應該把這次的**歷險故事**寫下來！

這樣讀者們就可以和我一樣領略到矮人們的善良，夢想國軍團的力量，以及善良戰勝**邪惡**的快樂。這樣讀者們就能和我一樣，體會到日常生活中平凡的每一天，我們都要捍衛快樂與正義！

於是，你們應該猜到我接下來做了什麼吧？

我將發生的一切寫成了一本書……

這就是你們現在讀到的故事，

此時此刻，就是現在！

你們喜歡它嗎？

我期待着你們的回答！

你接下去看到的，就是
夢想國各個國家的地圖哦！

夢想國寶典
其中包含了夢想國各個國家的
地圖和秘密，隨我一起踏上這
片遼闊的疆土吧！
N
W
E
S

夢想國寶典

夢想國是片神奇的土地。要想到達夢想國，你惟一要做的就是閉上眼睛，然後……開始夢想！進入夢想國的鑰匙正是……夢想本身！

這片土地，包含着數不盡的國家。有些既黑暗又陰森，有一些則既有趣又可愛！

這裏有恐怖的女巫國，邪惡的女巫統治着這片土地……可是也有魅力四射的海妖國！

這裏有氣候乾旱的巨龍國……可也有土壤肥沃的銀龍國，勇敢的馴龍女孩愛麗絲就住在這裏哦！

這裏有淘氣包樂土的精靈國，在那裏小精靈以捉弄人為樂……可也有可愛的矮人國，在那兒大自然得到充分的保護！

這裏有終年寒冷的北方巨人國，大巨人堅強的心就生活在那兒，成了王國的最後一個男巨人……可也有氣候炎熱的南方巨人國，克羅維加就是這片土地上的最後一個女巨人！

這裏有公鹿羅博的故鄉地精國，有趣的童話國，和會説話的動物森林！當然，這裏也有布滿芬芳的仙女國，那是芙勒迪娜的故鄉！

夢想語詞典

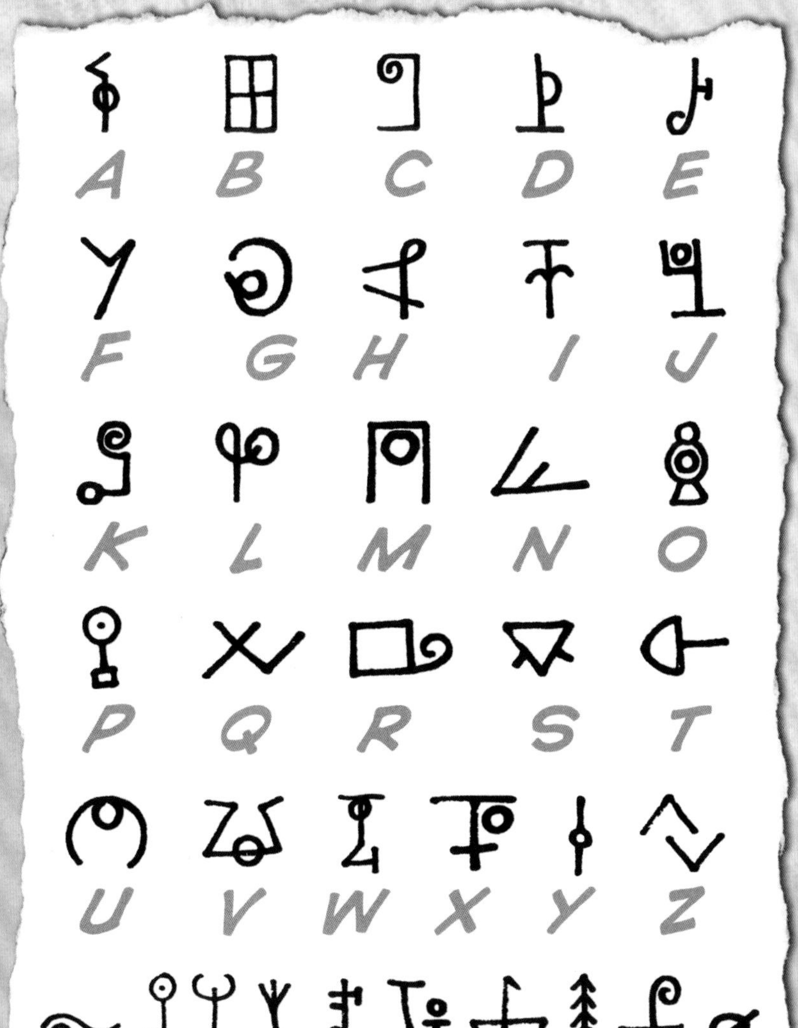
A B C D E
F G H I J
K L M N O
P Q R S T
U V W X Y Z
0 1 2 3 4 5 6 7 8 9

夢想國地圖
噩夢國
海妖國
女巫國
黃金國
恐懼國
枕頭谷
玩具國
甜品國
童話國
神話國
幻想國

夢之海
地精國
恐龍國
矮人國
會說話的
森林
仙女國
精靈國
妖怪國
北方巨人國
銀龍國
南方巨人國
幽靈國
N
W
E
S
英里 0 1 2 3 4 5
海里 0 1 2 3 4 5
夢想國里 0 1 2 3 4 5

1
2
3
4
5
6
7
8
9
10
11
12
13
14
15
16
17
18
1. 千瓣玫瑰
2. 精靈湖
3. 仁慈林
4. 魅影園
5. 野玫瑰
6. 摩根女神莊園
7. 綠松石屋
8. 綻放玫瑰塔
9. 香味回憶林
10. 不老泉
11. 林中空地
12. 日月廳
13. 歡唱屋
14. 克爾特教士林
15. 白銀瀑布
16. 馬德琳仙女塔
17. 銀色夜鶯
18. 美夢峯
19. 藍色獨角獸森林
20. 秘密山
21. 真愛堂
22. 水晶宮
23. 飛馬岩
24. 甜水湖
25. 半人半馬獸及小仙女之家
26. 永恆愛之門

仙女國
20
24
23
19
22
21
26
25
N
W
E
S

1
2
3
4
5
6
7
N
W
E
S

矮人國
17
18
14
16
15
13
10
11
12
9
8
1. 香耕田
2. 麵粉廠磨坊
3. 快活林
4. 闖禍客傳送帶
5. 大草莓
6. 玩具工廠
7. 露天劇院
8. 矮人圖書館
9. 水晶河之橋
10. 受傷動物救助醫院
11. 植物診療所
12. 熱溫泉游泳池
13. 矮人博物館
14. 郵局
15. 三眼噴泉廣場
16. 鐵匠、裁縫、修鞋工、標本收藏家的店鋪
17. 小鹿湖
18. 矮人木屋

銀龍國
1
2
3
4
5
6
7
8
N
W
E
S

9
10
11
12
13
14
15
1. 銀龍丘
2. 愛麗絲宮
3. 神龍廳
4. 跳水台
5. 冰涼湖
6. 飲龍河
7. 龍之巢
8. 多石橋
9. 醫院
10. 露天劇場
11. 健身廣場
12. 瞭望台
13. 角鬥場
14. 降落跑道
15. 圖書館

1. 作家丘
2. 講話的故事書
3. 未發表童話谷
4. 穿靴子的貓磨坊
5. 住在靴子裏的一家
6. 説話動物森林
7. 白雪公主小屋
8. 瘋長的豆莢
9. 睡美人森林
10. 遺忘記憶峯
11. 白馬王子城堡
12. 漢斯和格萊泰森林
13. 魔法短笛丘
14. 小紅帽森林
15. 醜小鴨池
16. 魔法屋
17. 皮諾丘村
18. 美女和野獸城堡
19. 三隻小豬的窩
20. 小美人魚海

童話國
10
11
12
13
14
15
16
17
18
19
20

噩夢國
N
W
E
S
5
6
22
21
19
18
17
20
1. 權利寶座
2. 顫抖冰層
3. 噩夢火山
4. 冰與火沙漠
5. 失眠崖
6. 冒泡泉
7. 幽靈湖
8. 荊棘林
9. 秘語叢
10. 恐懼湖
11. 蒼白沼
12. 焦慮高地
13. 舊夢堡
14. 震顫湖
15. 記憶河
16. 臭味林
17. 冒煙火山
18. 小怪獸峯
19. 顫顫巍巍橋
20. 驚懼海
21. 哆嗦沙灘
22. 夢醒灣

1
2
3
4
7
8
9
10
11
12
14
13
16
15

3
4
2
1
5
6
N
W
E
S

巨人國
15
14
16
13
10
11
12
9
8
7
1. 純淨峯
2. 意志湖
3. 勇氣山
4. 力量崖
5. 歷代國王大道
6. 傲慢峯
7. 榮譽峯
8. 王者之劍
9. 慷慨河
10. 守護熊星巢
11. 熱溫泉
12. 山鷹岩巨人國的皇宮
13. 希望峯
14. 白嘯峯
15. 憐憫峯
16. 寬容峯

地精國
1
2
3
4
5
6
7
8
N
W
E
S

9
10
11
12
13
14
15
16
17
1. 寂寞精靈山
2. 精靈城
3. 閃亮河
4. 永恆泉
5. 鹿之堡
6. 風之谷
7. 樂思池
8. 鮮花塔
9. 智慧山
10. 自信橋
11. 雲朵峯
12. 甜蜜歌唱瀑
13. 靜謐湖
14. 常綠平原
15. 精靈秘密通道
16. 銀根林
17. 千年小徑

N
W
E
S
1
2
3
4
5
6
7
8
9
10
11
1. 蒼白幽靈峯
2. 假巫術林
3. 眼淚湖
4. 嗚咽瀑
5. 悔恨河
6. 食肉植物溫室
7. 躁動幽靈墳場
8. 食人魚池
9. 腐爛山
10. 乾骨沙漠
11. 黑沼澤
12. 巨蠍地
13. 恐懼堡
14. 鳳凰巢
15. 噩夢林
16. 獅身人沙漠

女巫國
13
14
12
16
15

會說話的森林
1
2
3
4
5
6
7
8
9
1. 自我峯
2. 閒聊瀑布
3. 幽靜港
4. 會說話的樹
5. 藍色林
6. 音樂林
7. 嘰喳草坪
8. 和平叢
9. 音符田
N
W
E
S

幻想和夢想

幻想和夢想的含義完全不同哦！

幻想，是消極的逃避！

幻想，是將自己放入想像的世界中，希望改變現實。但它畢竟只是個美好的幻覺，就像根魔術棒一樣，只是用白日夢，來逃避自己不想面對的現實和挫折！

你會發現：魔術棒並不能解決問題，傳說中的魔法也沒有用……女巫呀、精靈呀、矮人呀、巨人呀只生活在童話中。

夢想，是積極的能力！

夢想，是擁有能在現實世界中發現不平凡事物的眼睛，一旦擁有了它，你就能看到別人看不到的東西：在不和諧之中發現和諧，在邪惡肆虐的地方尋找到善良，在一片黑暗中看到光明！如果你遇到了困難，試着用另一種角度來解決它。加上一點好奇心和創造性，你的夢想會幫助你走出困境。

夢想國的這段奇遇结束了！現在該輪到你在現實生活裏好好表現嘍！只要帶上勇氣和愛來觀察世界，你就會發現：平凡的日子也充滿了一段段奇遇哦！

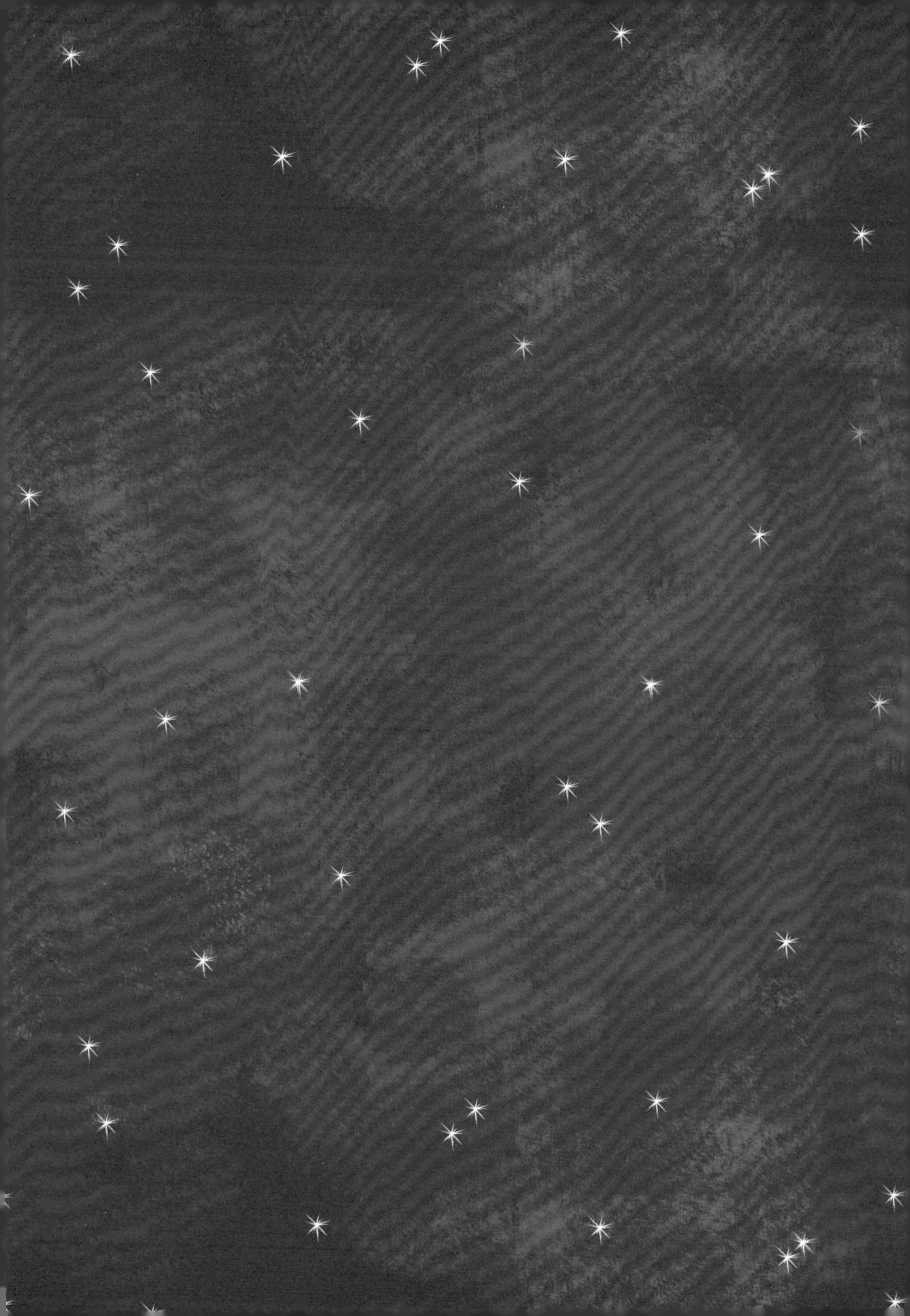

奇鼠歷險記3

尋找失蹤的皇后

TERZO VIAGGIO NEL REGNO DELLA FANTASIA

作者：Geronimo Stilton 謝利連摩・史提頓
譯者：林曉容
責任編輯：潘宏飛
中文版美術設計：劉蔚 羅益珠
封面繪圖：Silvia Bigolin, Christian Aliprandi
插圖繪畫：Danilo Barozzi, Silvia Bigolin, Giuseppe Di Dio, Giuseppe Guindani, Barbara Pellizzari, Umberta Pezzoli, Archivio Piemme, Christian Aliprandi
內文設計：Yuko Egusa
出　　版：新雅文化事業有限公司
香港英皇道499號北角工業大廈18樓
電話：(852) 2138 7998
傳真：(852) 2597 4003
網址：http://www.sunya.com.hk
電郵：marketing@sunya.com.hk
發　　行：香港聯合書刊物流有限公司
香港新界大埔汀麗路36號中華商務印刷大廈3字樓
電話：(852) 2150 2100　傳真：(852) 2407 3062
電郵：info@suplogistics.com.hk
印　　刷：C & C Offset Printing Co., Ltd.
香港新界大埔汀麗路36號
版　　次：二〇一三年七月初版
二〇一九年一月第六次印刷

http://www.geronimostilton.com
Based on an original idea by Elisabetta Dami.

Texts coordination by Isabella Salmoirago.
Editorial Coordination by Progetto Stilton, Patrizia Puricelli.
Artistic coordination by Roberta Bianchi.
Artistic assistance by Lara Martinelli, Tommaso Valsecchi.
3D environments by Davide Turotti.
Consulted by Lorenza Bernardi, Diego Manetti, Alda Marone, Elisa R.
Many thanks to Francesca di Mola, Emanuele, Giacomo, P.P.D.P. and M.A.

ISBN: 978-962-08-5846-8

18/F, North Point Industrial Building, 499 King's Road, Hong Kong
Published and printed in Hong Kong

奇鼠歷險記

①漫遊夢想國　②追尋幸福之旅　③尋找失蹤的皇后　④龍族的騎士　⑤仙女歌雅不見了

⑥深海水晶騎士　⑦追尋夢想國珍寶　⑧女巫的時間魔咒　⑨水晶宮的魔法寶物　⑩勇戰飛天海盜

⑪光明守護者傳說　勇士回歸（大長篇 1）　失落的魔戒（大長篇 2）